美好

MEI HAO

柴亚娟／著

天津出版传媒集团
百花文艺出版社

图书在版编目（CIP）数据

美好 / 柴亚娟著 . -- 天津 : 百花文艺出版社，2024.5

ISBN 978-7-5306-8876-2

Ⅰ . ①美… Ⅱ . ①柴… Ⅲ . ①小小说—小说集—中国—当代 Ⅳ . ① I247.82

中国国家版本馆 CIP 数据核字 (2024) 第 103541 号

美好

MEIHAO

柴亚娟　著

出 版 人：薛印胜
责任编辑：郑　爽
装帧设计：百悦兰棠
出版发行：百花文艺出版社
地址：天津市和平区西康路 35 号　　邮编：300051
电话传真：+86-22-23332651（发行部）
+86-22-23332656（总编室）
+86-22-23332478（邮购部）
网址：http：//www.baihuawenyi.com
印刷：廊坊市海涛印刷有限公司
开本：787 毫米 ×1092 毫米　1/16
字数：255 千字
印张：14.75
版次：2024 年 5 月第 1 版
印次：2024 年 5 月第 1 次印刷
定价：68.00 元

如有印装质量问题，请与廊坊市海涛印刷有限公司联系调换
地址：河北省廊坊市安次区码头镇金官屯村海涛印刷有限公司
电话：（0316）2516002　邮编：065000

虚构的小说与真实的人生

袁炳发

亚娟嘱咐我为她的新书写序，我不假思索就同意了。2021 年春季她出版了第一本小小说集，时隔两年多，又要有新的作品问世。真的为她高兴，为她自豪。连续出版两本小小说集绝不是件容易的事儿，如果没有雄厚的创作实力和勤奋的态度，这件事真就像网络热词“也就想想”罢了。

说起来，我是看着亚娟一步步成长起来的，从她最初还在小小说门口徘徊，从入门，到打开创作格局进入自由状态，她每一次的转折和进阶，我都可以作为一个见证人。我一路见证了她的勤奋努力，见证了她曾经陷入写作的瓶颈，见证她不断地突破自己，见证她取得骄人的创作成绩……见证她从一位文学爱好者逐渐成长、成熟，成为业内小有名气的作家，甚至是小小说界的中流砥柱。

当我拿起笔来给亚娟的这本小小说集写序的时候，我同时在想，一个作家的成熟要具备很多因素的，而且大多作家的成长也不尽相同，虽然有共性的东西，比如对文学的热爱、对语言文字的敏感，但每一个作家又必须要有自己的独特之处，才能让自己的文学事业进一步发展。当我们专注于他们的独特之处时，或许更能看清一个作家的发展和未来。以这个思路去观察亚娟的作品，我觉得亚娟的创作优势在于她对社会生活的了解和参与都是有深度和广度的，从她的文本上我们可以清晰地看到这一点。而正是她对社会生活的深度了解，才让她的视野更广阔。她所选择的素材、寻找的人物，既有真实的、现实的芬芳，又具有深长的文学意味，是一种通俗又高雅的存在。

《心安》的故事看起来很琐碎。讲了一对夫妻借了亲眷（大伯）的两万块钱，还没等归还，发生了大事：大伯生病卧床，失智，不能思维且无法说话，这使得这两万块钱如何归还成为一个大问题。因为没有借条，还因为借钱这件事大伯的儿女们并不知道，这对夫妻陷入两难境地，不还钱良心过不去，还的话又担心大伯的子女怀疑欠账的额度有诈。于是这对夫妻选择了这样的路子：暗地里要把这两万块钱花在老人身上，以达成双方的两讫和心理平衡，因此常常去医院看望，带上慰问金和高档水果。读到这里，我担心小说就这样结束，把小说落在一个诚信的故事上。这里我要赞亚娟，她并没有让小说结束，她使故事更进了一层。最后，大伯的子女认为这对夫妻一定做了什么对不起父亲的事情，导致双方产生了新的隔阂。小说也因为这种新的矛盾和新的动力，彰显了小小说更高级的品质。

《老穆》里的老穆，是一个很纠结的人物。他心里有鬼，总觉得厂长要找他别扭，产生的各种不适来源于他对世俗的认识甚至认同，因为他之前有负于厂长，于是时时刻刻担心厂长报复他。然而他确实想多了，厂长并不想在工作中找他麻烦，厂长是一个向前看的人。但不是说厂长真的忘记了过去老穆对他的迫害，只是用道德约束自己，不去报复。所以最后厂长说："你为什么总是提过去呢？你为什么要揭我伤疤？"这是很深刻的人性发现，痛苦还在的，只是人有约束自己的能力。所以才要向前看，说到底是对过去放手，而不是忘记。看到这里我为亚娟点赞。这就比一些单纯和好的故事要上一个等次了，因为作者进入了人性发现的层次，给读者带来了思考。

亚娟的另一篇小说《慧姐》，也引起了我阅读的兴趣，小说写了一个乡村民办教师慧姐。慧姐这个人物，是中国那个时代妇女逆来顺受的"贤淑"的形象代表，尽管命运多舛，但仍坚强硬扛，因为生计，慧姐要在省城与小镇之间往返几次，大包小包地扛着货，到各食杂店送货。又是因为生计，她开了一个慧姐饭庄，为了拉拢饭庄生意，慧姐结识了许多朋友，有时还陪他们喝酒，还经常喝醉。忙忙碌碌地辛苦奔劳，让慧姐面对我时说了一句："我现在最大的理想是把自己变回小时候。"这一句顶一万句的语言表达，含义深刻，从而完美地达到文学艺术展现效果，把这篇小说推到了一个很高的文学境界。

在这本小小说集中，亚娟用大量的笔墨将她对社会的观察、思考和自己的经验形象表达出来。这使得她的文本具备自己独特的面貌，故事接地气，有现实感，与读者的生活零距离，加上她编织故事的能力超群，使得她的小说文本在深刻的现实审视当中，又有极好的故事性，读者很容易产生共鸣，俗话讲就是有很好的阅读感。在平常的交流中，我也曾经说到这一点，并且提醒她要坚持这个创作方向。相信亚娟，随着创作经验的不断丰富，会有更多的感悟，会有更多的观察和思考，支持她创作出更多更好的作品。

序言写到此处，似乎意犹未尽，倒是真的体会到了纸短情长的意思。平日里，亚娟总是尊敬地称我为老师，我们的交流也都在文本当中。作为老师，最大的安慰自然是希望看到学生越来越专业、越来越好。倒也并没有桃李满天下的愿望，唯愿每一个作者都能吾手写吾心，虽然说小说是虚构的，但作者一颗真心——对万事万物的悲悯之心却是千真万确，说到底，没有一颗慈悲心，还当什么作家？

最近几日，大雪漫天漫地，目光所及一片银白，黑龙江进入单纯美好的冬季时间线，对于纯正的东北人来讲，大雪纷飞的冬天才是真正的冬天。以另一种语境观察和表达，我们也可以说，关注人类的真善美和假丑恶的文本，才是真正的文本。从这个意义上说，大家都要加油啊！

是为序。

2023 年冬 哈尔滨

袁炳发，中国作家协会会员，黑龙江省作家协会主席团委员。获黑龙江省文艺奖、小小说金麻雀奖、冰心散文奖。出版作品集：《弯弯的月亮》《隐蔽在河流深处》《成人礼》《寻找红苹果》《爱情与一个城市有关》《血色花》《穷孩子》等。有小小说作品被选入美国、日本、俄罗斯等大学教材及杂志。小小说集《成人礼》被泰国红山出版社译成泰文在泰国出版。另有小小说被译成西班牙语。小小说《无痕》入选中国小说学会 2022 年度好小说（小小说）排行榜。

目录

辑一

辑二

辑三

辑四

辑五

辑六

附文友评论

辑一

慧　姐

我是在实习期认识慧姐的。说起这事，有十几年了。当时我被分到一所镇中学实习，慧姐也在这所学校上班。

校长安排我教初中英语。我上了几节课后，发现这里的学生普遍英语底子薄，就有意地给学生多留一些作业。

没想到过了几周后，校长找到我，说："有不少家长反映你留作业多，学生写不完其他作业。"

姜天就是去校长那里反映的家长之一。他是姜大海的父亲，也就是慧姐的丈夫。

姜天凡事爱出风头，慧姐管不了。他在这个镇属于"地头蛇"那种人。慧姐呢？是个大美人，见过她的，都这么说。

那天下班前，慧姐怕姜天找校长这件事让我有想法，特意找到了我，非得请我到她家吃饭，我推托不掉只好答应。

于我而言,刚入社会,又身在异乡,除了工作热情,我没有端架的资本。

慧姐做好四菜一汤，又拿来几瓶啤酒，说：“今晚就咱俩，孩子跟他爸去了奶奶家。”慧姐把我拉到炕边，帮我脱掉鞋子。我盘腿坐在桌旁，像回家一样。

一瓶啤酒下肚，我有点儿晕，话也多了起来。

慧姐酒酣之际，又打开一瓶，给我倒满，说：“娟妹，我特别羡慕你的能力，假如时光能倒流，我也要上大学！那样，我的命运就会重写！”

我说：“慧姐，过奖了。”慧姐说：“不，是真话。不过，现在我只能指望儿子了！”

我一杯酒喝下，晕乎乎地说：“你儿子聪明，没问题，放心吧。”

我和慧姐越喝越尽兴，越聊越投机，彼此的心贴得越来越近。

这次饭后，慧姐和我成了无话不说的好朋友。

我不负众望，更新教法，娱教愉学。果然这个办法奏效。慧姐的儿子姜大海不再讨厌学英语，还说要考外国语大学呢。

姜天对我也刮目相看了。

慧姐对我更是好上加好。谈起丈夫姜天，她把掏心窝的话讲给我听。

慧姐告诉我，她认识姜天前是有心上人的。她一直暗恋着一个有家室的男人。而认识姜天后，她的世界塌了！

姜天知道她有心上人，但他一眼相中了慧姐，所以就软磨硬泡，最后如愿以偿了。

我说这样挺好呀。慧姐和我说，有时候是挺好，但他驴脾气上来了就成了另外一个人了，把她往死里打。

我说：“这不就是家庭暴力吗？”慧姐跟我说：“这就是命啊！”

慧姐凑到我跟前，拉着我的手，示意帮她掀开内衣，给我看她身上的旧伤。我看到慧姐后背上的一道道疤痕。

我一时不知说啥。

慧姐看出了我的心思，话题一转，说："为了儿子，忍着吧。或许儿子大了，一切都会好起来的。"

很快，半年的实习结束了。我离开了这所学校。

我被分配到省城的一所中学任教。

这期间，慧姐每年都要来省城看我，还给我带来不少她家乡的特产。慧姐总是和我说，我就是她理想中的自己，说得我心里热乎乎的。临走时，我也给她带回几斤红肠和大列巴。相聚的时刻，我们都非常开心。

不久，下发文件，取消教师编制。慧姐本身初中肄业，考核又没通过，下岗了。

屋漏偏逢连天雨，慧姐下岗后，姜天得了半身不遂。

让慧姐欣慰的是，儿子姜大海高考喜得硕果，考上一所重点大学。

慧姐原本是想等到儿子考上大学后，和姜天离婚，没料到命运又一次和她开了个玩笑，姜天患了重病。这个时候离开，慧姐做不到。慧姐大哭了一场后，选择继续过下去。

为了维持生活，还要供儿子上大学，慧姐开始四处打工。下班回家，还得伺候卧病在床的丈夫。

后来，慧姐给镇上各小卖店送货。因为她姐姐在省城干小食品批发生意，给慧姐的小食品都是进货价。慧姐每周都要在省城与小镇之间，往返几次，大包小包地扛着货，到各食杂店送货。送完货到家，就给姜天做饭，擦洗身子。姜天看到慧姐每天这么辛苦，脾气消了不少。

慧姐送货积存了一些钱后，就在镇中心临街租了一间店铺，开了家"慧姐饭庄"。

听说饭庄的生意不错，挺火。其间，为了拉拢饭庄生意，慧姐结识了许多朋友，有时还陪他们喝酒，还经常喝醉。

我劝慧姐："别干这个饭庄了，太辛苦啦。钱无止数，挣多少算多呀！"慧姐说："再辛苦两年就不干了，姜天那个身体，得存点儿钱养老。"

有一次，慧姐到省城办事。办完事，我和慧姐在一家小饭馆碰面。吃饭时，慧姐和我说："娟妹，你猜我现在的理想是什么？"

我摇摇头，表示猜不到。

慧姐说："我现在最大的理想是把自己变回小时候。"说完，慧姐扭过头去。等她转过头时，我看见慧姐的眼里满含泪水。

不久，我被学校安排去国外培训学习一年。回来后，当年我实习的那所学校的校长，邀请我过去给他们的学生上一堂励志课。

我如约而至。见了校长，我先向他打听慧姐的情况。校长略一顿，说："你还不知道呀？她死了，都一年多了，被人杀害了！由于她社会交往太复杂，所以警方破案有很大难度，现在案件仍在侦破中。"

听此噩耗，我险些晕过去，回到省城家里，许久缓不过劲儿来。

十几年后，我在写这篇故事时，又想到了慧姐说过的她最大的理想是把自己变回小时候。

想此，泪流满面。

报　名

二十世纪八十年代中期，我在家乡的小镇读高中。

母亲身体不好，家里兄弟姐妹五人都上学，只有父亲一人干活，家里非常困难。而我是孩子之中最笨的那一个，所以我没读完高中便辍学了。

辍学后，我和阿秀整日泡在一起。

没过多久，阿秀就嫁了人。

我没了伴儿，一个人有些失落。夜深人静时，听着家人的呼噜声，枕着自己的心事，开始失眠了。

也许是因为我经历了这么一段日子的蹉跎，感觉突然间长大了。

我看到同龄的女孩，还不满二十岁就结婚了。这就意味着她们要将自己的一生，交给这片土地了。想到这些，我有些害怕，更多的是不甘心哪！我不想让自己的人生，这么早就有了定论。我觉得回学校复读，才是我最该做的事情。

我决定重返校园。

于是，我背着家人开始筹备学费。那时候，自家的小园子就是一块宝地，种的有黄瓜、豆角、辣椒等。

我格外勤快，一大早就起来侍弄园子，或除草，或浇水，或扶秧，或嫁接。这些蔬菜越长越好，绿油油的，格外惹人喜爱。等青菜成熟了，就摘下来，拿到市场上去卖。每次都能卖个几块钱或更多，除了交给妈妈外，我还能攒点儿零花钱。

就这样，没到两个月我就攒了三十块钱。除此之外，我偷偷地去二姨家借了五十块钱，去阿秀家借了二十块钱，总算凑够了一百块钱。

我满怀喜悦地拿着这笔学费，来到了五常实验中学报名。这所学校是黑龙江省重点高中之一。那天是八月十五日，天气非常炎热。我身上出了许多汗，更多的是忐忑。我站在报名的家长或学生后面，排队等候报名。

校长抬头看了一眼，然后又低头继续工作。我默然地观望着，感觉大多数复读生都是因为志愿没报好才来重读的。

时间过得很慢，我的心绷得很紧。一刻钟后，轮到我了。

“你也来报名？”吴校长问。

“嗯。”我点了点头。

“你高考考了多少分？”吴校长又问。

我脑瓜“嗡”了一下，一片空白，只好摇了摇头。

“你没高考成绩来干啥？学校不收你这样的学生！”吴校长不客气地说。

听了吴校长的话，我的心立马缩紧了，杵在那儿傻了！

此时，不爱流泪的我，就像天塌了一样，“呜呜”地哭了起来！

我不知所措，是失望？是绝望？是委屈？都来不及细想，一切尽在哭声中，越哭越厉害！

须臾，我转过身，冲出门外，不顾一切，从五楼一直跑到一楼，又从一楼跑到校门口。

我停住了脚步，然后自语道："算了，不可能再读书了，永远都不会了！"

可是，我真的不甘心哪！我想最后再看一眼这所学校，哪怕是最后一眼。

我转身的那一刻，竟然意外地看见了吴校长！他亲切地对我说："孩子，回来吧，学校破例收你了！"

原来，吴校长看到了我的失态，便一直跟在我身后。

吴校长拉紧我的手，像怕丢了似的。他满脸的汗珠，在太阳下不停地往下流，累得上气不接下气的。

我没再说什么，只觉得希望又回来了！我握紧了吴校长的大手，泪水再次奔涌而出。

从此，我踏上了这所梦寐以求的学校，瞒着父母去上学了。

然而，就在我复读第五天的晚上，我躺在被窝里还没睡熟，朦胧中听见了父母的说话声。

"还是让亚娟去念书吧？"母亲说。

"是啊，其实她挺聪明的，是被我忽视了。"父亲说。

我眯着眼听着，眼泪又一次奔涌而出。

而今，我已大学毕业，但每次回忆起那次报名，心里总是暖暖的。就像当年吴校长的手一样，那缕残留的暗香，在我的心中拂过，它一直在我的生命中闪亮！

找

小芳下岗后，一直都没个像样的事儿做。迫于生计，才无奈地决定跟着老公铁子摆摊儿。

前几天，小芳看着铁子吆喝卖纱料挺自然的，可轮到自己却不好意思张口，一张口就像偷了人家东西似的。几天后，终于改变了很多。

铁子乐意带小芳摆摊儿，这样不但有了伴儿，还省得费劲找工作了。小芳跟铁子卖了十几天纱料，觉得一买一卖倒腾倒腾，比出去给人打工赚得多，因此，干着干着就开始琢磨卖纱料的奥妙了。

铁子是个挺保守的人，自打来到哈尔滨，凭着他在老家卖菜积累的经验，就爱摆摊挣钱，但上货卖货喜欢随大众。眼下，小芳提出要改变卖纱料的路子，铁子不大赞同，但又怕打消她的积极性，才勉强答应。

翌日早晨，小芳夫妇来到大成街，按着她改革的方案卖货。几十米的料子，她把每一种都扯成了三米至五米不等的布头，布头五颜六色的，被摆在摊上。不仅如此，小芳还用自家的纱料，去服装店做成连衣裙，换样穿着卖这些纱料。

铁子看着小芳这股子劲儿，心里喜忧参半。小芳呢，认准了，就一往无前。她光着脚丫，站在纱料摊上，左手攥着几样布角，右手拿着尺子，嘴里吆喝："纱料便宜了，快来买呀！以前十多块钱，现在只卖七块钱一米了——"

这样不停地叫卖着，不大一会儿，就招来很多围观的人，大家听到她的叫卖，又看到小芳穿的连衣裙，觉得很好看，也很便宜，就动了心。这样薄利多销，一个早市下来，卖了九百多块钱，纯利润是往日的三倍。铁子乐了，对小芳竖起了大拇指。

小芳的点子好，纱料卖得多，进货就勤，顾客总能看到新花样。这样一来二去的，小芳夫妇经常没等铺摊，就有顾客等候了。夫妇俩非常开心，一个收钱，一个量布，忙得不亦乐乎，生意越来越红火。

这一天，他们照例卖货，就在收摊的时候，小芳发现有两块三米的纱料，一种是蓝底碎花的，另一种是粉底碎花的，它们竟不翼而飞了！

她一边收拾一边没好气地嘟囔："让你眼睛管点事，你就是不听，你看看丢了吧。那两块纱料一定是被人偷走了！"

铁子安慰老婆，说："咱卖得这么好，不在乎丢的那两块纱料，你就别心疼了，以后多加小心就是了！"

话虽如此，小芳心里还是不大痛快。

这当口，小芳觉得在同一个市场卖了这么久，顾客也买得差不多了。俩人一商量，做生意得灵活点，不妨去别的地方试试。

这些天小芳夫妇来到红旗大街早市，时间过得好快，小芳夫妇卖了大概一个月左右，客流量几乎饱和了。

他俩又重新回到家附近，来到大成街早市，一些老顾客中打招呼的多，买货的却少了，所以小芳夫妇不得不离开了大成街早市。

此时已是秋季，有的小商贩看着小芳夫妇纱料卖得火眼红，也效仿起来了，一个市场好几家卖一样的货，大家卖得都不太好。小芳夫妇决定放弃卖纱料，琢磨改卖别的东西。

他们又到大成街早市去了。为了答谢新老顾客，把手头的货按最低价甩了。

就在要收摊准备回家的时候，一位六十多岁的老太太急匆匆地朝小芳夫妇赶来。小芳抬头一瞧，看到那个老太太右肩挎着背包，手腕上戴着一串佛珠。直觉告诉她，这个老太太一定是来退货的，她假装没看见，低头干自己的活儿。

不料，那个老太太走到小芳面前，气喘吁吁地说："闺女，对不住啊，俺终于找到你了。"

小芳听了，抬头对老太太说："大娘，您搞错了吧？我这几天没卖您纱料呀？"

老太太着急地说："是啊，你说得没错，俺这几天，确实没买纱料。"

小芳疑惑地问："大娘，我看您是找错卖主了吧！您还是明天早些来吧。"

老太太再三解释说："不，不，你误会了，俺是以前在你这儿买的纱料。那天人特别多，俺看中两块纱料，怕别人抢走，就把它们放进包里了，刚要给你钱，却碰见个老熟人，光顾着唠嗑，一打岔就忘了……"

老太太没等话说完，就急忙把挎包放在地摊上，从包里拽出两块纱料抖开了——蓝底碎花的和粉底碎花的。

重　生

透过铁门纵横交错的孔洞,高博文只能看见走廊寂寥地向两侧延伸。一到下午，走廊上一个人也看不见，他不知道除了自己这间，这座监狱还有多少间牢房。其实，他也不想知道，这些跟他又有什么关系呢?

屋子里只有一张床和一台电视机，电视被挂在墙壁高处，即使最好的跳高运动员怕是也够不到。而高博文每日仍放不下过去领导的架势，一个贪官装啥清高啊！即使管教不说,高博文也能从他们的神色中看出，他们对自己的冷漠和排斥。高博文只有苦笑。他现在说和不说一样，他的话语权已经随着权力的消失而消失了。

十年零六个月的刑期太漫长了，他也懒得计算时间，他恨不得所有的白天和黑夜都连在一起，混混沌沌、稀里糊涂地赶紧过去。

他最怕的就是父亲来看他，当了一辈子小学老师的父亲年过花甲，腰弯背驼浑身是病了，而母亲也因为他进监狱而离开了人世。

高博文怕看到父亲的目光，怕看父亲目光里的自责和对他的关心。虽然事情已经过去两年多了，他犹记得他被判刑的那天，父亲第一次到监狱来看他的情景，他不想见父亲，他无法承受内心的愧疚。高博文把自己的意思跟管教说了，管教也跟父亲说了。但父亲不走，他说高博文无论怎样，都是他的儿子。在这世上只有儿子遗弃父亲，哪有父亲遗弃儿子的?

高博文心痛，真想狠狠揍自己一顿。父亲特意给他带来一罐儿亲手做的酱炖泥鳅，这是高博文小时候最爱吃的一道菜。记得每年过生日的时候，不论父亲有多忙，都会亲手做给他吃。高博文隔着玻璃抄起电话声音哽咽，他想说一声对不起，可半天也没说出来。父亲说："爸知道你要说啥，但现在事情已经这样了，再说啥都晚了……"末了父亲说："你以后日子还长，一定好好改造自己，爸等你出来！"

虽已四十多岁了，但在父亲眼里他依然还是孩子，从父亲说话的口气中，高博文完全能够感受得到。父亲走后，高博文的心情一直不好。因为父亲苍老负重的身影总在他眼前晃动。他不想见父亲，尽管他已经和父亲说了，不要再来看他。但父亲还是每个月必来一次。

高博文只好跟管教提出，要转到外省监狱去服刑。他的这个无理要求自然被驳回了。父亲依然在规定的会见日来看他，依然给他带一罐酱炖泥鳅。倒是高博文的妻子只来过一回，他说以后不用来了，她就不来了。高博文很难受，他没想到十几年的夫妻之情仿佛一夜之间说没便没了……

大学毕业的时候，高博文本来有两个去处，既可以到师专教学，也可以到市委组织部，他回家征求父亲的意见，父亲说当然希望他子承父业，也成为一名教师。高博文看着父亲半天也没吱声，其实他早想好了，说是回来征求父亲意见，只为走个过场。父亲说：“既然你想当官，我也不拦你，但你千万别让我失望啊！”

高博文只好向父亲保证，他要当一个好官，当一个海瑞和包公那样的官儿。

高博文确实想当个好官，要不他也不能升得这么快。可自从当上副市长以后，外来的诱惑实在太大了，无论是办公室还是其他的一些场所，都铺着一层厚厚的金粉。他的落马只能说是咎由自取。

父亲的背更弯了，他进监狱后，父亲一共来了一百〇八次，这让高博文忽然想起水泊梁山的一百单八将。宋江打完方腊虽说死了很多兄弟，可毕竟是载誉而归；而他呢，进来的时候是犯人，出去的时候是被释放的犯人，所不同的是他又可以回家去看自己的父亲了。

…………

妹妹见到哥哥时，“哇”的一声哭了，高博文知道他再也见不到父亲了。

父亲坟上的土还是新的，一些镂空的纸钱圆圆的，凌乱不堪地散落在坟头。虽然已到了春天，但高博文还是觉得心里发冷。他什么也不想说，便跪在地上磕了一百〇八个响头。他的脑袋碰在坚硬的沙砾上，流了很多血。他已经忘记疼了。他觉得父亲既然选择了一百〇八这个数字，那他必须跟上。只有这样，他才能再活一次。

那一万块钱

雅云平时工作忙，没空干家务活。不过今天例外，雅云恰巧有空，而且干得不亦乐乎。不仅如此，她还翻箱倒柜，把不要的旧物放在了阳台，准备卖给收破烂的。

干了大半天家务活，雅云总算松了一口气。她懒散地倚在沙发上，边看电视剧，边享受自己的劳动成果。当她看到女主人公被老公欺骗，心里正为其打抱不平时，忽然听见窗外收破烂女人的吆喝声。雅云急忙走到阳台，打开窗户招呼女人，女人问是一楼哪个门。雅云指着单元门，说："你拐进来左手门就是我家。"女人按响了雅云家的门铃，把那些旧物收购了。卖完旧物，雅云继续享受清扫后的惬意和自豪。第二天是端午节，雅云打算和老公一起去踏青，但因老公加班就和几个闺密去了。

雅云的老公叫张平，平时很疼老婆。但这回张平没陪老婆去，他想多拉点儿钱，因此天亮才回家。这天他睡醒后，准备顺路去邮局给别人汇款，临走前打开衣柜找钱，可是怎么也找不到。心想：那一万块钱就放在那件旧军大衣兜里了，并且我还把它塞在了柜子旮旯。难道钱丢了？还是被雅云发现了？

正当张平心急火燎的时候，雅云开门回来了。

张平稍微冷静了一下，问雅云："你把那件军大衣搁哪儿了？"雅云一边洗脸一边说："你找它干吗呀？我卖给收破烂的了。"

张平"啊"地惊叫了一声，脸都变了色，再也没吱声。

雅云感觉不对劲，边擦脸边追着张平问："怎么了？大惊小怪的，难道那件军大衣里面藏着钱？"她看见张平满脸的紧张，汗都沁了出来，就顺手把毛巾递给了张平。

张平怯怯地说："你怎么知道？"雅云心头一震，抢过毛巾没好气地吼道："还真的啊？快说到底咋回事？"张平不知所措地支吾道："这，这事不是你想象的那个样子。"

张平坐立不安，满脸尴尬，嗫嗫嚅嚅。雅云恨极，用毛巾劈头盖脸地抽打张平，张平躲闪着，抓住了雅云的手。

雅云既气又恨，满脑子的委屈，哭着说："你个没良心的东西，我和你过了大半辈子，省吃俭用的，好不容易把孩子拉扯大了，你可倒好，还背着我攒私房钱，养女人！"

张平哀求着雅云："你听我说，你还记得一年前的那个夜晚吗？我在教化广场附近拉活，途中遇到一场车祸，肇事司机逃逸了，我从被撞人身边过，没停车，怕被讹诈说不清楚，就从被轧的男人旁边开过去了。回家后，我只对你说了一点点。没想到第二天，交通台就广播了这个消息，说那个男人因为延误救治结果导致死亡。"

雅云听了张平的述说，心里压着的那块石头渐渐落地了。她擦了擦脸上的泪痕，凑到张平身旁，握着他的手，说："你说的这些都是真的？你为什么不早点儿告诉我？"张平惭愧地说："我心里很矛盾，后来知道错了，非常后悔和自责。只好偷偷攒点私房钱捐出去，算是宽慰自己吧，没想到竟然……"

雅云正要开口时，门铃响了，雅云打开门，不禁大吃一惊——原来是那个收破烂的女人。

还没等雅云张口，女人先吱声了："大妹子，俺是来还钱的……"雅云听到"还钱"字眼，心里感到热乎乎的，不知道说啥好。

女人顺手掏出钱递给雅云，雅云抽出几张百元大钞塞给女人，女人说啥都不要。

张平站在一旁，看在眼里，心里莫名地感动着。

女人走后，雅云故意问张平："这个女人心眼真好，你养的就是这样的女人？"张平难为情地说："别瞎扯了，我是想拿那笔钱捐给慈善基金会的。"

雅云听了，心喜地说："这还差不多，不然你就死定了。"

成 长

我和张英杰是班里无人不晓的好朋友。

她是从山区来到我们工大附中借读的。

张英杰长得娇小,性格内向,不爱言语,见到生人就低头,尤其在课间,若没有特殊情况总坐在自己的位子上看书或做题。

班里的一些调皮蛋看她老实巴交,总拿她开“涮”。

我是个爱打抱不平的人,看不惯别人被欺负。

有一次,上英语课前,老师还没有进教室,趁这个工夫,坐在我后排的男生王一和李军窃窃私语:“咱们逗逗那个新来的呗?瞧她架子够大的,来一个星期了愣没跟咱说一句话!”

“嗯,瞧我的吧!”

他俩挤眉弄眼,一拍即合,分别在桌上拿几张英文卷子,先后起身走到张英杰跟前,王一说:“Excuse me,can you help me with some questions？”（打扰了，我能问你几个问题吗？）

张英杰抬起头缓缓地站起来，磕磕巴巴地说：“I'm not good at speaking.I'm afraid you are disappointed!”（我口语不好，恐怕让你失望了。），话音未落，同学们都哄堂大笑，因为张英杰的英语说的没错，就是音调不准。我坐不住了，立马站起奔到他们跟前，抢过卷子，撕了扔在王一的身上，说：“笑什么笑，欺负新生啊！上自习去！”。

从此，班里的同学没有再欺负张英杰。

我和张英杰逐渐成为好朋友。我们在学习方面互相取长补短。比如：张英杰英语差，我帮她补英语。我物理差，张英杰帮我补物理。不久，我们成了知心的好朋友。

课余时间，我们也爱一起做运动和玩游戏。累了，一起休息；饿了，一起吃零食。

记得在我们相处快一年的时候，我和张英杰逛商场，我们都看好了一款旋转木马音乐盒，准备各买一个。但结账后，张英杰发现她买的那个木马身上有一道微小的裂痕。

张英杰对我说：“我非常注重完美，绝不容忍有半点瑕疵出现。”

我说：“就这一款了，不碍事的！”张英杰没听我的，转身找售货员理论要求退货。看到张英杰和售货员争执得不可开交，我急忙把她拽走了。

而后我又走到售货员跟前，说：“买卖都不易，不为难你了！我同学是农村人，凡事求真，请谅解。”

说毕，我拉着张英杰扭头走了。

路上，张英杰一直板着脸没和我说一句话，我以为她要小性子，过一会儿就没事了，没想到从那以后，我和张英杰“掰”了！

我不服气，自认为没做错什么，何必跟她那么较真呢？等张英杰想开了主动找我吧。

一天过去了，张英杰没理我；一周过去了，张英杰也没理我；一个月过去了，张英杰还是没理我。

我转班后，张英杰把我的 qq 号、手机号全部拉黑了。

我心里非常难过，偷偷地哭过不知有多少回，学习一落千丈，中考成绩出来后，我没有考上重点高中，就念职高了。而张英杰恰恰相反，她考上了重点高中。

多年以后，在一次同学聚会上，我见到了张英杰，她现在已经是某所重点大学的教授了。

我和张英杰握手言欢。

我问张英杰："中考那年，我们俩那么好，你为什么突然不理我了？"

张英杰说："因为你对售货员说'我是农村人'。"

我委屈地说不出来一个字，眼里氾着泪花。

张英杰眼里也氾着泪花，她走到我跟前紧紧地拥抱着我，说："应该说你是我的恩人，谢谢你无意说的那句话，是那句话给了我奋斗的动力！"

那次聚会，虽然我和张英杰互相留下了手机号码，但我们谁也没有联系过谁。

拉　黑

几年前的一桩旧事，总是禁不住地想起，仿佛不吐不快似的。

那年女儿上大二，每逢月底我都会给女儿寄生活费。

我和爱人摆摊卖点儿应季水果，算是小生意，收入虽不是太高，但除了应付生活，每月还略有盈余。

又到月底，该给女儿寄生活费了，女儿电话里告诉我，这个月除了生活费之外，再多给她寄五千元，她想买个笔记本电脑。

家里的现金凑了一下，还差两千元。银行里存的是死期，不想动。没办法，思来想去，只能到大姐家去借钱。

我出门去站台。快要到站台时，我脚下踩了个东西，低头一看，是个墨蓝色的旧钱包。

我弯下腰，把钱包捡起来。钱包里有一沓儿钱，还有几张银行卡和身份证、学生证。

我断定当时没人看到我捡起这个钱包。我以极快的速度查了下钱包里的钱，正巧，是两千元。

手里有了捡到的这两千元，我还用去大姐家借钱吗？当时，内心里确实很矛盾，想把银行卡和身份证一撇，然后拿钱走人。

当我看到学生证上那张稚嫩的面孔时，心里立即想：他是个孩子。这样想时，心里一下就柔软了。我便没有再多想，把钱装进钱包，按照学生证上标注的理工大学，找去了学校。

到达理工大学，我告诉门卫的保安："你们学校的学生韩僮丢了钱包，我捡到了，给他送回来。"

保安倒是十分热情，说周日学校老师放假，让我把钱包里的东西用手机拍照留存，他写个收条给了我，告诉我周一老师上班就能联系上韩僮。

保安又让我留下电话号码。他说找到韩僮，让他给我打个电话致谢。

从理工大学出来后，我才去了大姐家，把借钱的事和大姐说了，大姐立马给我拿出了两千元，还说孩子的事可耽误不得。

接着，我把捡钱归还的事对大姐说了。

大姐说："这事做得对，姐支持你。你小时候就是个善良的女孩，经常帮邻院的王奶奶干零活。"

翌日，周一上午，手机微信提示音响了一下，我打开微信页面，通讯录里有人添加我微信。我看到请求通过的信息：我是丢钱包的失主韩僮。我点击通过了。

韩僮给我发来微信：傻阿姨，你坏了我的好事啦！随后发来几个"炸弹"的表情图。

我问：咋了？

韩僮回复：钱包是我故意丢的！

我问：为什么啊？

韩僮回复：前几天，我们学校开展了“向雷锋同志学习”纪念日活动，一个女生丢了钱包，全校同学做好事，向她捐款五六万呢。所以我也想得到同学们的捐款。随后，他发来一个怒气的表情图。

我又问：孩子，为了这个，你就丢掉身份证和银行卡？

韩僮回复：那样才真实。傻阿姨，你想一想，补办一个身份证才几十块钱，而我得到的捐款是几万块钱呢！至于那几张银行卡嘛，是我新办的，里面根本没有几块钱。

我无法理解韩僮的行为，不知怎么劝他是好。我再发信息，微信上出现了一条红杠！韩僮把我删除了，我发送朋友验证，韩僮又把我拉黑了。

心 安

大山是我的朋友，他去年新买了一套大房子，装修完了一直没入住。前两天，他突然告诉我想低价处理这套新房，问我买不买。

我问：“为什么低价处理呢？”

大山告诉我，他在俄罗斯租地经营蔬菜大棚亏了，现在急着用钱。他又说，让我不要认为是占朋友便宜，我不买他也是卖给别人，好事还是可着朋友来。

凑巧的是，当时我儿子要结婚，正想买个像他这样的三居室的大房子。我和妻子商量后，同意买这个房子。

我告诉大山，两天后付清首付三十万。

我们自己有二十万，又和亲戚朋友借了十万，凑够了三十万交付大山，其余每月交贷款。

其中，最让我感动的是，我从大伯那儿借了两万元，他再三叮咛：

“这两万元，不急着用，什么时候宽裕了，什么时候还；实在没有，不还也行。”

我激动地对大伯说：“大伯，这钱是要还的，一定要还！”

为了尽快地还清债务，我和妻子算计着我们该如何运用手里现有的买卖去赚钱。

我说：“得改变一下咱们常规卖货的方式了，不能光出个早市卖几个被单、被罩或是几对枕巾、枕套了，这样赚不了几个钱，还债也没年头了。”

妻子问：“你有新套路？”

我说：“除了白天卖货之外，早晚再出摊。这样辛苦两年，就能多挣些钱。”

妻子说：“辛苦些没啥，只要能挣钱就行。”

我说：“要么货同，就是在不同的市场卖同样的货；要么货异，就是在同一个市场换着样地卖不同的货。”

妻子说：“还可以打破一个常规，就是‘以大见小’，比如枕巾，别人卖十块钱一对，咱卖十块钱三条，薄利多销。”

我和妻子按计划运行。果然，这些办法很奏效。我们在家附近的早市、夜市把货卖饱和了，就去离家远的地方去卖。那两年，全市的各个早市、夜市都留下了我们的身影。

我们边挣钱边还着外债。

两年后，我们几乎把所有的外债都还上了，就剩下大伯这两万元了。

等到攒够了两万元，准备还大伯钱时，天有不测风云，大伯突发脑出血，抢救后，命虽保住了，但却成了植物人。

从此，这两万元成了我的心病，还大伯这两万元，又怕大伯的儿子、儿媳妇怀疑我不只借这两万元；不还这两万元吧，我心里又不安。思来想去，不知如何是好。

妻子看出了我的烦恼和不安。

她说：“要是当时给大伯写个借条就好了。”

我说：“当时想写，大伯不让。”

妻子说：“要不，我们每周都去看大伯，把这两万元消费在大伯身上。消费一笔，记一笔，直到消费两万元为止。这样于情于理，我们也都心安了。”

我觉得也只能这样，没有比这更好的办法了。

后来，我和妻子去看望大伯，每次都是换着样买各种够档次的营养品，还时不时地塞个千八百块钱给堂弟。其间，又买了很多质量好且价格不菲的内衣裤，还有外衣，供大伯替换穿。

有一次，堂弟没在家，只有保姆一人护理大伯。我们去的次数多了，和保姆也就成为无话不说的熟人了。

保姆就直接问妻子：“嫂子，你们每周都来看老爷子，真是够孝顺的，别说是侄儿，就是亲儿子有的也做不到。”

我笑着说：“是我亲大伯，我当侄儿的也应该尽孝心，况且我父亲年龄也大了，也算是替我父亲尽一份他们兄弟之间的情分了。”

保姆听完我的话，说：“看你们两口子人挺好，我也就实话实说了，你是这么想的，你堂弟未必这么想。”

妻子听出保姆话里有话，就问：“堂弟怎么想？”

保姆说：“我听你堂弟两口子聊天，他们认为你们两口子肯定是做了对不起你大伯的事了，才每周这么尽心地来看望你大伯。”

我说：“他们怎么想，那是他们的自由，我们问心无愧。”

妻子也随和地说："我们心安。"

一年后，我们探望大伯所有的花销累计已达到两万多元时，我和妻子都长长地出了口气。

一年后，大伯安详地走了。

辑二

美　好

少女时代，歌星费翔是我心中最崇拜的男神。他的歌声、他高高的个子、他的浓眉大眼，以及他的过耳长发，我都心心念念，特别喜欢。

然而，我没有想到，的确没有想到，几年后，在我任职的这个故乡小镇的中学里，竟然有一个和费翔长得十分相似的男老师，出现在我的生活中。

这个长相酷似费翔的男老师，姓方，二十八九岁，教初中美术。

有一天，我和方老师在校园里走了个碰面，我向他打招呼，说："方老师你好！你的长相非常像歌星费翔。"

方老师听后，用手向后拢了一下长发，笑着说："是吗？不止你一个人这么说。我经常纠正，是费翔像我。"

我咯咯地笑了。

从此，在学校里，我和方老师比和其他老师走得近了一些。这除了因为他长得像费翔，还有一个更重要的因素：我们都喜欢诗歌。

说起诗歌，方老师已经出版了几本诗集，当我的老师绰绰有余。课余时间，我常向方老师请教一些诗歌创作方面的问题。方老师有问必答，只要一提到诗歌的话题，他就特别兴奋。

我有几组诗歌，方老师帮忙润色修改后，又把我创作的作品推荐到省外多家报刊发表了。那一段时间，尘世间一切，在我和方老师的眼里全是诗，哪怕是一缕风，甚至空气。

有一次是星期天，我们在办公室写诗。方老师很高兴地给我朗读泰戈尔的《世界上最远的距离》：

世界上最远的距离/不是生与死的距离/而是我站在你面前/你不知道我爱你……

这首诗也恰是我喜欢的，我随口接了下一段朗读：

世界上最远的距离/不是我站在你面前/你不知道我爱你/而是爱到痴迷/却不能说我爱你……

一次，办公室只有我们俩时，我直接问道：“方老师，你年纪轻轻，为何结婚这么早？还是两个孩子的爸爸了。”

方老师习惯地用手向后拢了一下长发，说：“老二是超生，罚了款。为什么结婚这么早？说来就是无知。我和我老婆两家从小就是邻居，小时候我们一起过家家，她就给我当老婆。长大后，二十二岁那年，有一天我去她家，她爸妈去外地走亲戚，只有她一人在家，我们偷吃了禁果。”

说到这儿，方老师又拢了一下长发，摇摇头说：“谁也想不到，就这一次她竟然怀孕了。没办法，我爸妈就让我把已经大肚子的她娶回了家。当时我还没上班，老婆生下大闺女之后，我接了我爸的班，到省美院进修了一年，回来当了美术老师。”

方老师从漫长的回忆之中抬起头来，眼睛湿润了。

第二年初冬，校长接到通知，省教委举行英语公开课大赛。校长让我去参赛。我参赛的课文是：The Zhao Zhou Bridge（赵州桥）。我备好了课，只差插图了。我找到方老师，求他帮我画一幅。

当晚，方老师在办公室画了一幅又一幅，画了一个通宵，终于画了一幅让他满意的画作。第二天，方老师把画交给了我，一双倦怠的大眼睛满是笑意。

我如期参赛，经过全省百余名教师的初赛、复赛、决赛，最终我荣获了冠军。由此，也改变了我的命运，我被调到省城的一所学校任教。

半年后，我回小镇探亲，在街口碰到了方老师。他看见我后，眼神除了惊喜，还有一些忧伤。我从挎包里掏出给方老师买的夹克衫送给他，以回谢他那幅画的情谊。

后来，我在省城有了自己的家，就很少再回到小镇。

有一年，端午节前夕，一亲属家孩子结婚，我再次回到小镇。办完事之后，我想去看看方老师。走到方老师家门前，大门紧锁。

我回省城，在去车站的路上，碰上了原来学校的同事姜老师。彼此寒暄后，姜老师问我："方老师的事你还不知道吧？"我问："方老师怎么了？"姜老师说："你调走两年后，方老师离婚了，他和咱们学校的那个丁老师相好了。但不知为什么，他和丁老师也没有走到一起。后来方老师离开了学校，听说去了南方。"

我听后，眼前便又出现了那个长相酷似费翔的方老师。

狗　性

皮皮是一条土狗。母亲对皮皮原本是不大待见的。

一天，我跟母亲干活回来。走到院门口，看见弟弟蹲在台阶上，瞅着一只小狗吃食。

那只小狗听到了我们的脚步声，丢掉食物，一瘸一拐地朝猪圈方向跑了。

母亲问弟弟：“哪来的小狗？”弟弟说捡的。母亲说：“扔了吧！”

我们进屋了，母亲洗手做饭。而我，对小狗却产生了好奇。

我走到窗前往外望，只见那小狗身长足足有三十厘米那么长。

不大一会儿，小狗又折了回来。

弟弟朝小狗走了几步，用手打着招呼，嘴里“啾啾”地叫着。小狗顺势拐回盆前，又抬头瞄了一眼弟弟。弟弟蹲在小狗身边，抚摸它颈部的毛，它大口地吃食。

母亲做好午饭，让我招呼弟弟吃饭，弟弟迟迟不进屋。母亲隔窗一看，弟弟仍旧摆弄着小狗，就生气地喊：“臭小子，让你把狗扔了，咋还磨蹭呢？”弟弟站起身，噘着嘴，气哼哼地回了一声。然后，弟弟就把小狗扔出了院外。

第二天，弟弟写完作业，在院里玩耍，忽然听见大门外发出微弱的“汪汪”声，弟弟寻声而去，原来是那只小狗一瘸一拐地回来了！

弟弟把小狗抱进屋，发现它腿上的伤还未好，便给它喂食、洗澡、清理伤口、包扎伤口、搭狗窝，忙得不亦乐乎。

母亲回来后，又见到了小狗，气愤地问弟弟：“你咋又把小狗捡回来了？”

弟弟说：“是它自己回来的！”

母亲说：“它来历不明，狗毛脏，怕传染人！”

弟弟说：“它不脏，是你心脏了！”

母亲生气地打了弟弟一耳光，弟弟没哭，而是抱着小狗摔门跑了。

母亲喊道：“把它扔得远远的！”

天渐渐地黑了，小狗没回来，弟弟也没回来。

母亲开始自责起来，找遍全村都没见到弟弟。

翌日，母亲来到父亲墓地，看见弟弟竟抱着小狗倚着墓碑睡着了。

弟弟病了，小狗也病了。母亲熬了小米粥，给弟弟吃了两片药，又喂他喝了一碗粥。

吃了药，喝了粥，弟弟感觉好多了，便起床了。弟弟拿出一片药，放进小勺内，加入水，用筷子头碾碎，倒进碗里，再盛半碗粥，搅拌均匀，端着小碗出屋了。

走到狗窝前，那只小狗竖起耳朵，立马站了起来。它看见了弟弟，就像见到了亲人。它嘟着小嘴、抬着前腿、晃着尾巴。弟弟抚摸它背部的毛，又亲了一下它的额头，感觉它还在发烧。

弟弟拍了拍小狗的脑门，说：“快来吃食吧。”

小狗顺从地摇着尾巴吃了起来。

弟弟穿着背心出屋的，母亲怕他感冒，赶紧拿了件上衣，追了出去。母亲站在弟弟身后，看着他一勺一勺地喂小狗吃小米粥，心里一下热乎乎的。母亲把衣服披在弟弟身上，转身默默地离开了。

半年后，小狗的伤痊愈了，它的个头长了一大截，俨然变成大狗了。

我觉得这只狗命硬、皮实，所以就叫它“皮皮”了。

皮皮不光出落得有模有样，还会察言观色。弟弟吃什么好吃的都分给皮皮一半。

时光飞快，一晃过年了。

除夕夜的傍晚，母亲做好饭菜，招呼我和弟弟吃饭。这当口，弟弟拿着“二踢脚”炮仗和火柴，蹲在院里看着皮皮啃骨头。

我站在门口喊弟弟，弟弟说他放完炮就进屋吃饭。

弟弟把“二踢脚”竖到地上，挨着下方的火药捻，划了一根火柴，点着跑开了。“二踢脚”随着一股黑烟射向天空，发出“轰”的一声巨响。皮皮被这响声吓得丢掉了嘴里的骨头，它被眼前的一幕激怒了，像饿狼似的，一个高跃扑倒弟弟，在弟弟身上咬了起来！

我见状，大声惊叫：“妈，不好了，皮皮咬弟弟呢！”

母亲听到喊声急忙往外跑。母亲手里拿着根棍子，把皮皮打跑了。

弟弟被皮皮咬伤了，送到医院，打了狂犬疫苗，身体渐渐地恢复了，没什么大碍，母亲总算松了一口气。

然而，就在新学期开学的第一天，同学们都在安静地听老师讲课，弟弟却突然咽肌痉挛，狂躁不止……

弟弟患了狂犬病，不久离开了人世。

有很多年，很多年，我和母亲都生活在悲伤之中……

小艳俏佳人

我闲着时，总爱浏览快手软件。遇到自己喜爱的或用得上的，便点上爱心、添加关注。

小艳俏佳人是我钟爱的一位快手关注者，她代理的是怡馨灵芝系列护肤品。

小艳名叫王艳，三十多岁，穿着时尚，皮肤白净，长着一双会说话的大眼睛。

我添加了小艳微信，经常请教她一些护肤问题，后来成了无话不说的好朋友。小艳跟我说，她是冰城人，容不下老公第二次出轨，就带着五岁的儿子离婚了。

小艳的直播讲究艺术性，她不光演示产品，还对不同年龄、不同肤色的人群，该用什么、不该用什么、怎么用给予阐述，适时地讲解护肤和美容技巧，让粉丝们每天都能看到最新的直播。小艳的直播看得粉丝们拍手称快，心甘情愿送礼物、买产品！

我采纳了小艳新的护肤理念，摒弃了不适合自己的化妆品，买了天然的怡馨灵芝系列护肤品。每天坚持早晚正确洗脸和护肤。一周做三次面膜、两次水疗、一次灌肤。

半年后，感觉不一样了。每次洗完脸，照着镜子，看到自己脸上皱纹浅了、皮肤白嫩了，心里像开了一朵花似的。

一天下班，碰到了邻居丽姐，她惊讶地问："兰妹，好久不见，你脸色大变样啊！咋保养的呀？"我笑着说："我没刻意保养，就是学会护肤了。"丽姐说："啊？讲一讲咋回事。"我说："给你推荐个快手吧，去搜索小艳俏佳人，看看她的直播，免费教你如何正确护肤。"

丽姐回家后，按照我的指引，果然看到了小艳的直播。当天晚上就下单买了一套怡馨灵芝系列护肤品，用了几天，她的脸色确实"变样"了！

丽姐来到我家，"当当当"地敲门，我推开门，她气呼呼地站在门口，咧着嘴、瞪着眼、伸着脖、指着脸，说："瞧瞧，瞧瞧吧，这就是你推荐的好产品！"

"呀！咋起这么多红点子呢？"我疑惑地看着丽姐的脸。

"我哪知道啊？"丽姐嚷道。

"丽姐别急，我问问小艳。"我把丽姐拉进屋，她显然气消了大半。

我拨通了小艳的电话，说了丽姐脸上的情况。小艳说："丽姐可能是肌肤缺水或角质层被破坏导致过敏了。"我继续问："那丽姐……"小艳说："请丽姐放心吧，我负责给她调整。"

过了几周，丽姐来到我的办公室。她告诉我说："兰妹，抱歉啊！都怪我……用错了方法，才导致皮肤过敏的。"我看了看丽姐的脸，笑了笑，说："嗯，脸好了比什么都强啊！"丽姐难为情地说："今天午饭我请客，权当是我赔罪啦！"

丽姐用完了这套护肤品，效果确实不错，便代理了这个品牌。她又推荐给她的亲朋好友了。

…………

后来，我去了小艳的直播间，本来是看她直播的，但看到的是她的粉丝天天暴涨，人却不见踪影了。

大家议论纷纷，有的是她的几十个代理分别下单买了上万块钱的产品，有的是她的数百名粉丝下单买了成千上万元不等的产品。

翌日，丽姐联系不上小艳了，她焦急地给我打电话，问："我买了六万块钱的产品，都五天了，咋还没收到呢？"我说："再等两天看看吧！"丽姐说："啊？打小艳电话不通，是不是她卷钱跑路了？"我说："不能！她可能有事。"丽姐说："我们报案吧！"我说："我也买了，从来没出问题。再等等吧！"

两天后，小艳终于回到了直播间。她说："对不起啊，本人手机意外丢失，没来得及跟大家打招呼，让大家惦记了！另外，再告诉大家个好消息……"

原来根据小艳的销售额，她被聘为怡馨灵芝股份有限公司黑龙江分公司销售经理，专门销售怡馨灵芝系列护肤品，主抓实体店营销，兼顾直播销售。

茫 然

张大海是出了名的倔。他的倔劲儿一上来，即使是十头老牛也拽不动他。

二十世纪八十年代末，张大海从师大毕业，被分配到周家中学教数学。这所学校的吴校长，看他一表人才的，非常赏识他，所以主动托人说媒，想把女儿吴琼嫁给他。

经媒人撮合，吴琼和张大海一见钟情，相处一个多月就闪婚了。

转年，吴琼生了个大胖小子，给他起名叫张鹤，三口之家过得和和美美，人见人羡。

又过了几年，张大海发现自己不喜欢按部就班的教学工作，便毅然决然地辞职了。

吴琼知道后，气愤地对张大海说："工作得好好的，怎么说辞职就辞职了呢？这么大的事，咋不事先跟我商量商量再决定呢？"

张大海说：“和你商量啥呀？我是爷们儿，挣钱养家的人是我！”吴琼听了，气得无言以对。

翌日，张大海拜访了发小李力。李力在本镇批发布料多年，生意做得风生水起。

张大海追随李力。李力对张大海大力帮助。他不卖布料，而是卖床上用品。

两年后，张大海加盟了知名品牌“MJ毛毯”，做代理，专门批发毛毯。

张大海广交客户，薄利多销，生意做得如鱼得水，年收入几十万。

尽管如此，他不甘于现状。创造机会自费去北京大学进修，学习相关知识。

回来后，他扩大规模，筹办工厂，招贤纳士，加工毛毯，自产自销，生意越做越大。

此时的吴琼对张大海有崇拜的成分了。家里家外，事无巨细，全听张大海的。

岁月如流水，一晃，十几年过去了，儿子张鹤就要上初中了，吴琼也可以松口气了，她想出去找个幼师的工作，干自己的老本行，不想永远做全职太太。

吴琼把这事和张大海说了。

没料到，张大海却说：“不用你出去工作，你在家做家务、照顾好孩子学习就行，咱家也不差你挣的那点儿钱！”

吴琼说：“我……我不想在家这么待着啦！”

张大海满脸愠色：“我说不让你工作，你就别去！”

吴琼继续争辩：“我……我在家太郁闷啦！”

张大海骂道：“不缺你吃，不缺你穿，咋就不听话呢！”

吴琼脾气好，家里向来是张大海说一不二。这些年，她唯唯诺诺，为了丈夫和儿子，失去了自我。此时，她不知道从哪里迸发出来勇气和力量，第一次和张大海唱反调，大声嚷道："我不当这个家庭妇女了，我就要去工作，怎么啦？"

话音刚落，张大海上去就是一个大嘴巴，吴琼的脸上落下了五个手指印子。打完，张大海转身，摔门走了。

吴琼捂着脸，伤心地哭着、骂着。哭够了，骂够了，她穿好衣服，离开了家。

一周后，吴琼对张大海说："咱们离婚吧！"

张大海听了，倔劲儿又上来了，他没多想随口便说："离就离！"

吴琼把写好的离婚协议递给了张大海，张大海接过协议，连看都没看，就在签名的地方写上了自己的名字，然后说："按你说的办！"

…………

李力知道张大海离婚了，怕他孤独，经常请他喝酒、陪她聊天。有一次，他请张大海来家里喝酒。等到酒酣饭饱，李力说："哥们儿，你哪都好，就是你的倔脾气，真得改啊！"

张大海听后，闷头喝酒，不作声，但他心里开始反思了。

不久，张大海再婚了。

新媳妇叫蒋丽丽，比他小十多岁，是新毕业的大学生，长得很漂亮。

张大海非常喜欢蒋丽丽，他暗想：第一次婚姻的失败，确实是自己太大男子主义了，得改一改自己身上的倔毛病了！

再婚后，张大海不论家里家外、大事小情，全听蒋丽丽的。

久而久之，蒋丽丽感觉老公办事没有一点儿自己的主意，一副软骨架的样子，没有男人的阳刚之气！这不是她想要的婚姻。

后来，他们离婚了。这次是蒋丽丽提出的。

张大海经历了两次婚变，感到很茫然。他就是想不明白：自己实心实意地对待每一任妻子，耗尽全力地挣钱养家，可怎么就留不住她们的人呢？

能　力

风有点儿硬，被吹化了的积雪在村街上肆意流淌，路两边的蒿子梗不住地摇晃，树枝也发出了一种类似于猫头鹰的呜咽声。尽管如此，田蓉蓉还是能感觉到春天的气息已经近了，她甚至能闻到大甸子上的青稞混合着喇叭花的香气在空中缭绕。

距离耿光明家已经不远了，田蓉蓉赶紧蹲在地上想把鞋上粘的泥点子擦掉，她在兜里掏摸了半天，把手绢掏了出来。她正犹豫着要不要用它擦鞋的时候，耿光明不知什么时候已经站在她面前了。

田蓉蓉有些不好意思地笑了，耿光明掏出一团废纸，蹲在地上为田蓉蓉擦鞋。

田蓉蓉看着耿光明一张宽大的脸，神色有些忧虑地说："你真要当村主任啊？"

耿光明使劲儿地把粘了泥污的废纸团甩出去，他静静地看着田蓉蓉没有说话。

田蓉蓉说："光明，你知道我爸要面子，你要当了主任，他怎么办？"

耿光明说："他也该歇歇了，你也不看看这些年他都干了啥！"

田蓉蓉说："光明，不许你这么说我爸！"

耿光明还想解释，田蓉蓉说："你要真跟我爸抢这个主任，那咱们只有分手了。"

耿光明看着远去的田蓉蓉，漫无目的地在村街上走着，可不知不觉他已经来到村委会门前。

他正在考虑要不要进去的时候，村主任田占奎出来了。耿光明忽然想到了"冤家路窄"这个词，便意定神闲地向田占奎凝视。田占奎搭眼一瞄耿光明不知为什么有些心虚。这两年他已经明显觉察到这个转业兵在村里的气场，特别是一些小年轻总围在他身边起腻，对他言听计从。田占奎的权力和威严正在一点一点地受到威胁，这已经是不争的事实。

田占奎在任上已经八年，还不到五十岁，算不上太老。他享受惯了村民对他的服从和礼敬，他还没当够村主任。更重要的是他不想败给耿光明。虽说耿光明和自己的女儿田蓉蓉正在热恋中，只要自己点头，他马上就可以成为田家的女婿。

对这次选举，田占奎做了大量的工作，而且已经和女儿谈过了，他是想通过女儿施压让耿光明悄悄退出。可他一看耿光明自信的目光，就知道女儿在这小子心里的分量远没有他想的那样重。

田占奎站在村委会门口审视着耿光明，意味深长地笑了。耿光明也跟着嘿嘿笑了。

田占奎问："都准备好了？"

耿光明点点头。

田占奎从兜里掏出一根烟点着了，说:“你说你年纪轻轻的干啥不好，为啥要跟我抢这个主任呢？”

耿光明说：“叔你错了，我不存在跟你抢，我需要话语权，是想为老百姓说话。”

田占奎说：“还话语权？你少跟我拽文，当官不听上级指示能行吗？”

这次谈话让耿光明更加认定，他必须取代田占奎，让人民赋予村主任的权利重新回到人民手中。

一连几天田蓉蓉都没露面，耿光明还是天天去看五婶，给五婶按摩。他自从复员回乡知道五婶得了瘫病，便自己看书学会了按摩，现在五婶在屋里已经能扶着东西挪着往前走了。村里人一般都沾亲带故的，可五婶跟耿光明并没有一丝的血缘关系，他去帮五婶完全是出于自愿。田蓉蓉也正是看到这一点，才爱上耿光明的。

五婶问：“我看蓉蓉怎么不乐意呢，是不是你招她了？”

耿光明说：“五婶，你知道要选村主任了。”

五婶说：“我明白了，准是田占奎给蓉蓉下话了，拿她说事儿。”

耿光明说：“蓉蓉即使不跟我，我也要当这个主任。”

五婶说：“这就对了，自己认准的事儿一定要干到底，要不该后悔了！”

几天以后，村主任的选举在上级党委的监督下如期进行。两只喜鹊从村子上空飞过去，不停地喳喳叫着。村街两边的杨树冒出了绿芽，春天说来就来了。

尽管耿光明对这次选举充满信心，可他还是因为一票之差落选了。

田蓉蓉正在给五婶按摩，五婶看着进屋的耿光明忽然笑了。耿光明说："五婶，我落选了。"

五婶说："我都知道了，你不就差一票吗？要是加上我呢？"

田蓉蓉说："还有我！"

耿光明先是一怔，继而一下把田蓉蓉紧紧抱住。

荒岛上的狼

我的头太疼了！睁开眼睛不仅感觉头疼，而且全身所有的关节都在疼，好像喝了一场大酒醉了三天醒来后的那种感觉。忽然我听到了澎湃的海水声，这才想起我可能是游船遇难的唯一幸存者。

阳光照在荒岛上好像比在海面上热多了，虽然几步之外便是金蛇乱舞的海水，但我依然感觉热得难受。我用手使劲揉了一下眼睛，想支撑着坐起来，可刚刚抬起手来，又沉重地耷下去，我浑身没有一点儿力气，只觉得头晕目眩，我再次昏迷过去。

再次醒来的时候已是满天繁星，我忽然想到了美丽的妻子和五岁的儿子，他们肯定在等我回家，可我还能回去吗？想到这儿，我抬头看了一眼辽阔的星空，似乎每一颗星星都在瞧着我。海浪的声音似乎比白天还大，也比白天好听。我用力转动一下脖颈，想好好看看救我一命的荒岛，可我的眼睛分明看到一只狼，而且是一只雄性的狼。

它高昂着头，在星光下，在惊涛拍岸的荒岛上，显得特别高大也显得特别孤寂。我现在手无寸铁又无攻击力，对于一头雄性的狼来说，现在我就是它待宰的羔羊。

现在，时间的流逝对我无疑是一种折磨，我在等着它来吃我，可不知为什么它却迟迟不肯动口。我只好又睁开眼睛，发现它还站在原地。它在距离我不远的位置，它的目光一点儿也不凶狠，甚至还有些慈悲。我忽然发现它在看我，更确切地说是在研究我，它的样子看上去很安静，一点儿也不像一只凶恶的狼。

显然这是一只没见过世面的狼，它还不知道来自人类的威胁。那个夜里我一直在想，假如人不把狼当狼而是把它当成狗呢？那狼还是狼吗？我也知道自己的这种想法很荒唐，可我又忍不住要这样想。

这头狼很快成了我的朋友。当它第一次给我抓鱼吃的时候，我就知道它已经把我当成朋友了。幸亏我的打火机还在，我随手划拉一些枯枝点着了，在熊熊的火光中，狼警觉地跑出去很远，等烤鱼的香味渐渐弥散，它又悄悄地来到我身边，我把烤好的鱼放到地上，它一口把鱼叼到嘴里，和我一起吃起来。

这是个很大的荒岛，不但有很多的树种和野果，还有野鹿和兔子，但更让人惊讶的是，这头狼帮助我找到了一个泉眼。

我忽然觉得在这个世界上，没有什么比有水喝更让人快乐了。那天我守着泉眼喝到饱。

野兽的生存本领很大，这头狼不但能在岛上抓兔子、獾子等一些小动物，还能到海水里捕鱼。这下有吃有喝了，应该说我和狼都很开心。但我还是免不了想家，想我的部队。我有时候太寂寞了，便跟狼聊天，把自己的想法对着它说出来。我说：“兄弟！这个岛真的很好，你也很好，可是我终不能在这里和你待一辈子啊！”狼本来是对着白浪滔天的大海，这时忽然转过身子，神态安静地看着我，并且小声地叫着，发出一种类似于狗叫的声音。我猜它也许明白了我的意思，在安慰我。

也许是天太热了，我得了疟疾，在山洞里躺了好几天，狼也一直前腿蜷着趴在地上陪着我。从它焦虑的目光中我看出它的不安，它是真心把我当成它的朋友了，这让我特别感动。

我每天都到沙滩上去看海水，狼就跟在我身后，在日照下不断变换颜色的海水只能让我更加惆怅。夏天终于过去了，我等来了一艘商船，狼站在岸上依依不舍地和我告别，我的眼睛也湿润了。

回到岸上后，大家都不相信我还活着。接着是单位对我没完没了的审查，他们非得让我证明自己这段时间的去向，我说：“我从游船上落海后，漂到了一个荒岛上，后来被一头狼救了。”单位的审查人员对我说：“你编故事能不能有点儿技术含量？都知道狼吃人，还没听说狼救人呢。”

后来，单位的人把我关在一间屋子里，让我写交代材料。我觉得更加孤独，比在荒岛上还孤独。这让我经常想起那只狼。

单位的人见我写不出交代材料，便在关我的屋子里放进一只老虎。就在老虎张着血盆大口要吞掉我头颅的时候，我被吓醒了。

我不知道自己为什么做了一个这样的长梦。梦里的一切当然都是虚无的，唯有妻子和我五岁的儿子是真实的。

在后来的很长时间里，我都忘不了这个梦。

纪　念

这个小区挺大的，从东门出来，向左拐便是一条通向市里的高速公路。沿着这条路大约走两站地那么远，往左拐对面靠着小区，迎面便是一条宽阔的甬道。老吴的铁锅就支在甬道的北侧，距离小区北大门只有几步的距离。

一般人炒瓜子都用小铁锹，这样翻动起来的面积大，动作的频率也不用太快，省劲儿。但老吴用的不是铁锹，而是一把白铝铲子，可铲子无论怎么大，也没法儿跟小铁锹比，所以老吴炒瓜子的时候，胳膊总在动，而且动的频率很高。

小区门口卖零食的还真有几家，有糖炒栗子、烤地瓜、烧苞米，一到冬天还有糖葫芦啥的。但只有老吴的炒瓜子卖得好，只要人们想吃了，不论啥季节，一出门准能闻到弥漫在空中的炒瓜子香。在日光的映射下，老吴的白铝铲子微微地泛着白光，而且在和铁锅摩擦的时候发出一种轻微的很好听的声音，你只要往铁锅跟前一站，老吴便会心领神会地把一包瓜子递给你，钱匣子在凳子上放着，你只要把钱放进去就行，老吴是从来不看的。瓜子都是新出锅的，还带着丝丝的热气，嗑在嘴里让你只觉得香。

唯一让人有些遗憾的是老吴不用微信，尽管现在已经进入数字时代，但老吴还没学会使用那玩意儿。

大家都叫他老吴，从来也没听人叫过他的名字。他是从什么时候搬到这个小区的，没人知道。他为什么一个人住这里，也没人能说得清楚。

这个小区已经很老了，很多最初的住户都已经搬走了，可老吴依然住在这里，他就像小区院子里的一棵树，经历了风雨长了年轮，可根已经深深地扎在土里。

他离不开这个小区，他喜欢这里的环境。这里的环境能让他想起很多美好的往事。记得他刚来的时候老伴儿还在，那时候，他经常到小区外给老伴儿买瓜子，老伴儿喜欢嗑瓜子，可老吴不嗑。他只喜欢看老伴嗑，日子在老伴儿的牙齿缝里缓缓流走。

老吴炒瓜子向来是现炒现卖，用老伴儿的话说，瓜子一过夜，浸油就不好吃了。如果要是哪天瓜子炒多了剩下几袋没卖完，老吴回家顺路便把瓜子送人，不要钱了。

大家都喜欢吃老吴的瓜子，特别是到冬天零食少了，老吴的铁锅跟前经常围着买瓜子的人，这时候就有人建议老吴弄口大锅，省得这样零揪。老吴只是笑，啥也不说。

冬天的活儿好、顾客多，这是老吴最幸福的时光。当人们从他手里接过瓜子离去的时候，老吴的脸上始终挂着笑。

如果有哪个宅在家里的男孩或者女孩不愿意出来，老吴也能送货上门，可你要是想多给钱，他肯定和你急。如果你要趁老吴不注意把钱塞兜里了，他立马就会把瓜子抢过来不卖了，这时你还得哄他。

在市内打工的儿子也经常来看老吴，他非常理解自己的父亲，他知道父亲有退休金，即使不炒瓜子也可以养活自己。父亲不差钱，他是想通过这样的一种方式去纪念母亲，给他自己找个念想。

老吴的瓜子都是自己去乡下亲选的，太小的不要、有虫眼儿的不要、瘪子的不要。可以说他收购的瓜子颗粒饱满，炒出来达到了他预期的理想效果——喷喷香。

老吴越来越老了，走起路来已不像前几年那么麻利了，可他依然还在小区门前坚守着。他总认为不仅是大家在嗑他的瓜子，他的老伴儿也在嗑。有那么几次他看着人家小女孩嗑瓜子，看着看着居然笑出了声音，因为他仿佛看到了老伴儿嗑瓜子的样子。这时，白铝铲子碰着铁锅发出很好听的声音，一只麻雀喳喳地叫着在低空飞过，老吴神情恍惚，忽然觉得好像又回到了从前的时光。

这个冬天连着下了几天雪，老吴一直没有出摊儿，等人们发现的时候老吴已经去世了。送葬那天，几乎整个小区的人都去了，儿子很悲伤，在料理完父亲的丧事以后，他发现屋里还有几袋瓜子没有炒完，他的眼泪忽然又流了出来。

儿子解开袋子用手抚摸着，他似乎看到父亲还走在小区的路上，而整个小区都飘着炒瓜子的香味儿。

那天早晨人们忽然发现，一口铁锅又支在小区门口，儿子晃动着白色的铲子在铁锅里快速地翻动着，那姿势居然和父亲一模一样。人们都纷纷赶过来围在小区门口。

吃瓜子的人都说：“小吴炒的瓜子比老吴炒得还香。”

老　大

蓉城不大不小算是一个中等城市，因靠海经济发展很快。彭光来了两次就看上这里了。他想把自己的生意挪到这儿，一来是他觉得这里的人好、豪爽、适合做生意；二来他喜欢这里的环境，海风、海浪、海船，还有海鸥啥的，他都喜欢。

他在这里考察了一阵子，也认识了几个生意伙伴，便决定凑一个局子把大家拢一起吃一顿饭。他的意思很明显，是想通过饭局和大家联络下感情，也算是和大家打招呼了。这相当于唐僧到西天取经到一个国家了，必须兑换通关文牒，如果人家不认可你，那以后的生意还怎么做？

被请的人虽说不是蓉城商界的大腕儿，可彼此脸挺熟，很多人都有生意上的往来，所以大家推杯换盏，吃得都挺愉快。在这次饭局上，大家一致认为彭光够哥们儿、讲义气，人还没来情义先到了，这符合蓉城人的性格。

徐亮也是被请的人之一，不知为什么他一见彭光心里好像敞开了一扇门，好像所有的阳光都照进来了。他心里舒服，单独和彭光喝了两杯；而彭光也喜欢徐亮的豪爽，两个人端着空酒杯看着对方的眼睛，都有了惺惺相惜之意。

徐亮对大家说："今天的饭我请！"

但彭光还是先于徐亮把单付了，这让徐亮心里很不高兴。他在蓉城商界混了这么多年，虽说生意做得不够大，但只要有饭局他准是埋单的那个人。时间长了大家都知道他的德行，所以谁也不和他争。

其实，彭光也没想那么多，他的意思很简单：我请客怎么能让你买单呢？再说我们初次相交，我也不好意思。而徐亮的意思是：你到蓉城来那是看得起蓉城人，给你接风洗尘那是我们蓉城的事儿。你埋单，那不是打人嘴巴吗？

徐亮虽说当时不高兴，可也没说什么。后来他渐渐发现彭光有个和自己一样的毛病，每有饭局总是第一个站出来埋单。这不免让徐亮心生不快。这些本来都是自己的事儿，你彭光才来蓉城几天，怎么还抢在别人前边儿了？这样想着，再有彭光参加的饭局，徐亮一概不去。

彭光是做塑料制品生意的，刚来蓉城生意不错，可渐渐地，彭光发现，有些人开始背后对他的产品说三道四，还有些客户不知为什么也退单了。彭光反复地研究自己的产品，心里直纳闷儿。

正好赶上中秋节，彭光特意让司机买了几箱家乡产的酒，他是想借这个节日好好和大家沟通一下。可礼物送出去了，到了晚上徐亮又把酒退回来，他对彭光说他不喝别的酒，只喝蓉城的酒！

礼物被退回来了难免尴尬，彭光心里很不是滋味。

彭光知道徐亮肯定是对自己有成见了。彭光自到蓉城以来事事小心，对朋友从来也不缺礼数。可这是为什么呢？

徐亮在蓉城生意虽说不够大，可人脉广。因为他豪爽、他的哥们儿义气，不论啥事儿大家都给他面子，彭光忽然想起最近自己生意上的不顺，隐隐觉得可能和徐亮有关。他思来想去觉得还是有必要和徐亮把事儿说开了。

彭光特意去了徐亮的公司，秘书让彭光在客厅等一会儿，说是徐总有客人。可彭光从早上一直等到中午，眼看到了饭点时，彭光只好硬闯徐亮的办公室。

屋里一个客人也没有，见彭光进来，徐亮好像有些惊讶地说："你看这事儿闹的，我怎么把你忘了？"

彭光说："没事儿，正好今天有空就到你这儿看看。"

徐亮看彭光一眼，说："最近生意还好吧？"

彭光说："不怎么好！"

徐亮说："不怎么好就对了！"

彭光有些惊讶也有些困惑地盯着徐亮，他真不愿意相信这话是从徐亮嘴里说出来的，因为他来蓉城一直是把徐亮当朋友的。

徐亮说："其实，蓉城也没你想得那么好，你初来乍到啥规矩也不懂，总得有个适应的过程。"彭光也不和他打擦边球了，干脆单刀直入地说："徐哥，我知道你对我有意见，可你总得让我明白我到底是哪里得罪你了！"

徐亮说："你想哪儿去了？我怎么能对你有意见哪！"

事儿没谈拢彭光心里不快，也提不起兴致。正好那天，一个新认识的朋友来看彭光，而他和徐亮的关系也不错。彭光便把自己和徐亮的事儿说了。朋友看着彭光呵呵笑了，然后对彭光说："徐亮就那德行，能装！"

彭光怔怔地看着朋友没有说话。

朋友接着说："这还不明白吗？你抢风头了！谁是蓉城的头牌老大，你不知道吗？"

彭光听后恍然大悟。

一头猪的婚姻

二小和大丫在一个村上干活儿，都是二十岁左右的年纪，时间长了也就对上眼儿了。可二小家里哥五个，老大刚娶完媳妇儿，家里的经济情况不是太乐观。二小的父亲呢又不当事儿，所以二小只好自己想办法去张罗自己的婚事。

乡下的风俗是如果双方都没啥说的，那接下来该找媒人把事儿捅破了，然后送彩礼。二小找了几个媒人都被大丫的妈给卷了回来，她也不是不同意这门亲事，主要是差在彩礼上。这也不能完全怪大丫的妈，因为二小已经授权媒人，只能出五百彩礼，他大哥就是花了五百把大嫂娶到家的，他如果多花，他大嫂怎么想？下边这帮兄弟怎么办？

但大丫妈说得也很实际，她说现在物价都在上涨，一天一个价，去年收购站的猪，一斤才五毛，现在不是也六毛了吗？

二小干着急，每当看到大丫心里很难受，他觉得对不起大丫，最后连看大丫的勇气都没有了。后来还是在别人的提醒下，他才想起“大明白”来。

“大明白”从前在公社当过会计，因为犯了点儿事儿回村当了农民，可当上农民的“大明白”依然穿四个兜的制服，上衣口袋里别着钢笔。他能说会道，村里人都敬着他，不论啥事儿只要他出场，大家都给面子。

但他这人有点儿清高，一般人请不动。可事关自己的婚姻大事，二小只好提着四盒礼去见“大明白”。太阳已经升得老高，“大明白”还没有起床。

二小着急，只好故意咳嗽一声，“大明白”翻过身来看着二小，说：“你咳嗽也没用，你又不是不知道，像这些婚嫁的小事儿我是从来不出面的。”

二小说：“叔，我来就是给你捎一句话，大丫她妈说，谁来都白扯，就是李大明白来了也不好使。”

“大明白”嘿嘿笑了，说：“想不到你小子还懂激将法，告诉你我不吃这套。”

二小把东西放到“大明白”跟前说，反正话我是带到了，去不去你掂量吧！

大丫妈在村里是出了名的厉害，在家无论啥事儿男人连个屁都不敢放。这样骄横惯了，她也就不把别的男人放在眼里。“大明白”进院的时候，大丫妈正蹲在院里洗衣服。她抬头看一眼“大明白”，用手指着自己对面的矮凳，示意他坐下。

“大明白”从兜里掏出香烟点着了。“大明白”慢悠悠地吸着香烟，他是想在气势上先压倒对方。大丫妈把一个绿色的裤衩从盆里捞出来使劲儿一抖，水珠子一下子溅到“大明白”脸上，“大明白”身子向后一仰，险些摔倒。

大丫妈看一眼“大明白”，嘿嘿地笑着说：“派头倒是挺足的，就是胆儿有点小。”

行家一伸手便知有没有，“大明白”还没开口就吃了一个暗亏。他讪讪地笑着，眼看着大丫妈把裤衩拧干了搭在晾衣绳上，只好以退为进没话找话地说：“嫂子不光人好看，连裤衩的颜色也这么好看。”

大丫妈说：“是吗？你要稀罕，我拿它给你改个帽子怎么样？”

“大明白”没想到这个女人荤的素的照单全收，而且骂人不带脏字。他目光暧昧地看着大丫妈，说：“我倒是想戴绿帽子，那也得看我大哥有没有这个胆儿啊！”

大丫妈再次嘿嘿笑了，然后说：“大会计，要说斗嘴我不惧你，但今天你又不是来斗嘴的，咱还是说正事吧！”

“大明白”说：“好，要我看，你要八百一点儿不多，咱先不说现在这物价见长，就说大丫的长相，那在咱十里八村也是数一数二的，货比三家才定价嘛！”

大丫妈说：“对嘛，我就是这个意思。”

“大明白”说：“你的意思一点儿都不错，但你得看二小家拿得出吗！”

接下来两人开始讨价还价，要说“大明白”也真够厉害的，大丫妈虽说竭力提价儿，还是被“大明白”七砍八砍降到六百元。这时候天也落黑了，事情没说完，大丫妈只好不情愿地让大丫去供销社打酒招待“大明白”。

“大明白”喝完了酒，说：“嫂子，别人怎么说的我不管，但我来了，你总得给我个面子，要不你明天还得管我酒菜不是？”

大丫妈无奈地说：“你当我要钱是为自己？我是怕二小他家兄弟多，要少了将来吃亏，行，我给你个面子，再去二十吧！”

“大明白”皱着眉说：“行，那这样，多出的八十元他家拿不出现钱，用猪顶吧！”

“大明白”终于把这桩婚事说成了，送彩礼的时候，二小把一头猪赶到了大丫家。

可没想到的是，二小和大丫刚结完婚，这头猪跑到“大明白”家的圈里就不出来了。大丫妈指着“大明白”的鼻子说：“你说，我的猪怎么跑你家圈里了？”

大明白说：“嫂子说啥呀？这猪本来就是我家的嘛！”

大丫妈呵呵地笑着说：“其实二小送猪的当天，我就知道是你家的猪。”

…………

结婚后的很长时间，大丫一想起那头猪，心里就很酸。

冤　家

大西岭村子挺大的，五条土街，我家在最后一条街。而生产队的饲养棚在第一条街紧靠场院房子。放学没事我经常到饲养棚去玩儿，原因是我想看父亲干活儿，看父亲把草和料儿搅拌好了倒进马槽里。我喜欢听几十匹马一起嚼草的声音，这有些像镰刀割庄稼，嚓嚓的，欢快而富有节奏，这让我很容易想起一望无际的麦田上，一排光着膀子的农民前后错落、刀光闪烁地缓缓向前挺进……我甚至能看见汗珠从他们黄褐色的脸上、身上缓缓地砸在金黄色的麦垄上，我还能听见蝈蝈的叫声，和不知是谁忽然挺起腰来对着热辣辣的阳光嚎上那么一嗓子。

我喜欢这种劳动场面，即使几十年以后我到大都市工作，也经常想起麦地的刀光，还有那嚓嚓的马嚼草的声音。可我的父亲，是从来不到麦地的。他的腿因为救一匹马落下残疾，跟大伙儿干活肯定是不行的，生产队革委会为了照顾他便让他去了饲养棚。

父亲心灵手巧会编席子，不管是谁家没炕席了，只要吱一声就行。父亲编出的席子，席花细密、紧致、耐用，大家都说比供销社卖的还好。

铡草是细活儿，草长了马吃了不易消化，可太短了又费时间。所以看一个饲养员是否合格，看他铡草就什么都明白了。父亲铡的草好像用尺子量过一样长短正合适，大家包括革委会的主任对他都很满意。唯有李大头对父亲有意见，而且不止一次找父亲的毛病，不是说父亲的草铡长了，就是说料给的不够。但父亲从不跟他理论，只有实在忍不下去了，父亲才会指着李大头套上的马说："大头，你又不是没长眼睛。"

李大头看了一眼自己套在车上的马，几匹马膘肥体壮的，他只好扬起鞭子把气撒在马身上。

在大西岭这个大村子里，要说李大头也算是一号人物，生产队几挂大马车他赶头挂，是有名的车老板子，要搁现在那就相当于汽车队长。可他这人脾气大，因为他想要我二姐给他大小子当媳妇，我爸没同意，所以始终耿耿于怀。

我觉得他主要是瞧不起我父亲，认为父亲不过是一个饲养员，也没啥大章程。可父亲在大西岭的人缘儿好，无论大人小孩，供销社卖货的柜腿子还是小学校的孩子王，父亲都能说上话，而且我觉得大家都很喜欢我的父亲。

父亲除了会编席子，还有一手绝活儿：他扎得一手好灯笼。每逢过大年的时候，父亲的饲养棚里就堆满刮净的秫秸和五颜六色的花纸。这是一年中他最忙碌的时候，他喂完了马连抽袋烟的空儿都没有，秫秸在他手里好像忽然有了生命，被他灵巧的手指随意地固定在一个个木座上，然后他把彩纸糊到秫秸上。他扎的灯笼有圆形的、方形的，也有三角形的，圆形的被父亲称作倭瓜灯，也是老百姓最喜欢的一种。可这种灯扎起来费时，所以父亲一般都扎方形或三角形的。这种灯只要把秫秸固定在木座上绑好，糊上纸即可。这种灯既省事也省料，看上去又挺美观。

我没事儿时就坐在父亲身后看他扎灯笼，他的手指虽说粗大、手掌也布满老茧，可手却十分灵活，等到年关临近了，有些人家贴出对联的时候，父亲的工作已经基本完成。接下来我开始按照他的嘱托挨家送灯笼，直到我拎着红灯笼跟在父亲身后回家的时候，有的人家已经开始放鞭炮了。

父亲虽说和李大头不对付，但还是自作主张地给他扎了一个圆形灯笼。父亲的意思是冤家宜解不宜结，我也觉得李大头这回没有理由和父亲作对了。但想不到的是我家的倭瓜灯夜里被打坏了，父亲怀疑是李大头干的，便找他去理论。李大头也懒得辩解，两人没说几句话就打了起来，结果是李大头滑倒在地，把牙磕掉了一个。

李大头不依不饶的，这个年两家谁也没过好。父亲觉得委屈，心里又不得劲儿，事后他几次去给李大头道歉，可李大头连门也不开。这下父亲和李大头的冤结深了，两人再遇上，谁也不说话。

父亲和李大头成了冤家。

李大头是车老板子，控马的技术是很好的。可那天不知为什么马忽然毛了，拉着一车玉米棒子的马车在村街上没命地奔跑。正赶上学校放学，形势相当危险，结果李大头为了救一个学生被马车轧死了。

李大头死后，父亲很久也没说话，过年的时候他特意扎了一个红色的倭瓜灯送到李大头的墓地。我还从来没有见过这么大的灯笼，立在地上简直快赶上我的身高了。而且灯围子上贴满了父亲剪纸的图案，有牛、有羊还有马。风一吹，倭瓜灯滴溜溜地转起来，这些动物便不停地跟着转。父亲问我好看不。

我说："再好看，他也看不见了！"

父亲说："其实有时候眼睛就是一摆设，没用。"

老　穆

这是一个星期天，老穆今早的心情本来不错，刚就着水煎包和小葱蘸酱喝了二两小酒，接下来他想去公园遛遛，找个熟人聊聊天，一天也就打发过去了。可他刚一下楼，便在单元门口碰见了厂长，他尴尬地站住了，一时不知说什么好。倒是厂长对他点点头而且还意味深长地笑了一下，说他也搬到这个小区了，让老穆以后多多关照。

和厂长邂逅，老穆啥心情都没了。他原来和厂长住一个小区，搬这儿来就是为了躲避厂长，可厂长还是跟来了。小区院里的杏树刚刚开花，几个小孩儿正仰脸看着杏花笑，　股香味儿迎面扑来，老穆不由地打了一个喷嚏，接着他觉得浑身发冷。

也是这样的一个春天，工厂院子里杏花飘香，那时候的厂长还是工程师，而老穆是车间的先进生产者。两人因为工作上的往来，感情处得不错，没事儿的时候也经常在一起喝酒发牢骚。可后来，他站错了队，一切都变了。老穆受副厂长唆使，给上级写信，编造一些不实之词，举报厂长贪污。

上级经过核实，还了厂长的清白，老穆却受到了批评教育。

老穆眼睛盯着杏树，只觉今年杏花味儿有点苦，他用力地蠕动一下嘴唇，觉得嘴里也苦、心里也苦。他已经没有兴致去公园了，从他和厂长邂逅那一刻开始他啥兴致都没了。要是早知道厂长也搬到这个小区，他怕是连喝酒的心思也没了。他愁肠百结地又上了楼，然后进卫生间呕吐起来。

老婆用手敲着门说："你刚才不是还好好的吗？这是怎么了？"老穆出了卫生间看着老婆苦笑，然后说："我遇见鬼了。"

老婆疑惑地看着老穆，开始用手摸老穆的额头，然后说："这也没发烧啊？怎么还说胡话了？"老穆用手扒拉一下老婆，说："唉！看来我是在劫难逃了。"接着他告诉老婆，厂长也搬到这个小区了。

老穆还是车间副主任，虽然每天照常上班，可因为心里有事儿，担心厂长对自己报复，所以工作的时候总走神儿。那天厂长把他叫到办公室，和他聊了半天，无非是鼓励他好好工作，别有思想包袱。末了厂长说现在锅炉房缺个烧锅炉的，问他谁合适。

老穆回到家里接连抽了几根烟，心里越发纠结，他觉得厂长这是暗示第一步要把他踢到锅炉房去，然后再慢慢收拾他。

老穆一宿没睡，老婆说："要我看，你应该跟厂长把事儿说开了，给他好好道个歉，再不然让厂长打你一顿也行。"

老穆说："这些我早想过了，根本不好使，事情要真像你说的那么简单，他还至于步步紧逼吗？"

第二天，老穆左思右想心不落地，只好买了两瓶茅台去看厂长，他已经做好了准备，要是厂长不收礼他就赖在那里不走。厂长果然说："你这是干啥老穆？我是从来不收礼的。"老穆说："厂长，我知道自己错了，其实你不知道，这些年我心里一直很难受，觉得对不起你，可我又不知道怎么跟你说。"

厂长用手使劲儿地拍了一下老穆的肩膀，说："过去的事我早已经忘了，你好好工作就行，我心里有数。"老穆说："这么说，你不让我去锅炉房了？"厂长说："扯淡，你是技术工人又是车间副主任，我让你去锅炉房干什么？"

厂长虽然没收礼，可老穆觉得厂长的胸怀还是蛮大的。但毕竟自己整过人家，让人家受了不少罪，要说这事儿就这么轻描淡写地翻篇了，老穆还是不信。他把自己的想法跟老婆说了，老婆说："我看你们厂长这人不错，要我说你就是想多了。"

难道自己真的想多了？老穆总觉得心里不安。那天下班忽然下雨了，老穆举着伞忽然发现厂长在小区门口，便赶紧把伞罩在厂长头顶。厂长看着老穆笑了，然后推了一下，说他喜欢这种感觉。

老穆又睡不着觉了，他觉得厂长这是借题发挥在暗示他：这件事儿根本还没过去。再联想到每次在厂里遇到厂长，厂长总是微笑着和他打招呼，可他跟别人为什么不笑呢？这种特殊待遇不正说明厂长把他当成外人了吗？

他实在睡不着，翻来覆去的又怕把老婆弄醒，便想到小区的院里走走，排遣一下糟糕的心情。可他坐到凉亭上把烟掏出来时，才发现没带火。忽然一缕火光出现在眼前，厂长把火举到他跟前，微笑着向他示意。老穆赶紧从烟盒里抽出一根烟递给厂长，并且诚惶诚恐地说："厂长，你先来！"

厂长只好把烟点着了，问他怎么睡不着了，老穆说他总忘不了过去那些事儿，心里难受。

厂长说："过去的事让它过去吧！"

老穆说："可是厂长……"

厂长生气地说："穆仁智你怎么回事儿？本来我都已经忘了，你为什么非得揭我伤疤？"

穆仁智是老穆的名字，与《白毛女》里的穆仁智重名。

老穆泪眼迷离地看着厂长，忽然觉得自己的名字有问题。

辑三

感　动

儿子差不多一年没回家了，老两口想儿子。白天没事儿了想，夜里做梦了也想。儿子在深圳工作，又是一家公司的高管，所以每天很忙，连找对象谈恋爱的工夫都没有。往往是电话打通了，老两口还没说上两句话，儿子那边就把电话挂断了。接下来是老两口对儿子未来的谋划和猜测。无疑他们都希望儿子好，可又免不了为儿子担心。

儿子虽说没时间跟老人说话，但还是蛮孝心的，到换季的时候总忘不了给两位老人买衣服，还有一些流行的营养品，也总是随时给老人寄回来，并且嘱咐老人要好好照顾自己，等有空了就回家看他们。

这些话其实就是安慰，儿子这些话已经说了八年，可除了每年的春节，其他的节假日从没回来过。两个老人表面上是不舒服，其实内心一点儿气也没有。他们理解孩子：忙，说明他有事儿做，有事儿做说明领导器重，只有领导器重了，儿子才有发展前途。

一般星期天儿子都能跟父母通个电话，话都被老伴儿说了，等轮到老头儿，儿子已经把电话挂了。

老头儿说：“你就不能给我留两分钟，让我也说两句？”

老伴儿说：“谁知道他今儿的电话挂这么早啊！”

老头儿脾气不好，可也不爱跟老伴儿掰扯。其实他也没啥可说的了，该说的话老伴儿早说了，他再说也是重复，没准还惹儿子心烦。

照儿子的意思是要接他们去深圳安度晚年，可老头儿觉得家里还有地，他刚六十出头儿，还有力气伺候。

老伴儿也是这个意思，她说：“现在年轻人有年轻人的活法儿，咱啥也不懂，去了也只能给儿子添乱。”

两人最合拍的事儿是在一起讨论将来儿子找啥样的媳妇，老头说：“那还用问，当然是找好看的！”

老伴儿说：“合着你的意思是我难看呗！”

老头儿说：“你要非对号入座我也没法儿。”

这下子，两人开始就这个话题呛呛个没完没了，正说着儿子拎着拉杆箱进屋了。两人马上怔怔地看着儿子都不吱声了。

儿子回来得太突然了，俩老人都高兴得昏了头，所以痴痴地看着儿子半天也没反应过来。

儿子问：“爸妈，你们说啥这么热闹？我在院里都听着了。”

老伴儿看着老头儿说：“啊，对了，这不儿子回来了嘛！他是当事人，最有发言权了，你问问儿子他想娶啥样的媳妇，是好看还是不好看的。”

儿子看一眼父亲马上明白是怎么回事儿了，因为他太了解自己的父母了，所以他故意沉吟一下，说：“要我说这事儿也好办，干脆娶一个不好看的……”

老头儿赶紧说："你说啥？"

儿子说："你着啥急啊，我还没说完哪！我的意思是说，娶一个不好看的在家伺候爹妈，然后再娶一个好看的带她出去逛街。"

老头儿说："你这不是各打五十大板，逗我们玩儿吗？"

儿子说："可这是我目前能想到的最好的回答了。"

接下来两人开始给儿子做饭，老头儿也许是为了讨好儿子，也许是故意给老伴儿添堵，一激动居然把报晓的公鸡给杀了。当时因为沉溺在儿子回家的幸福中，老伴儿也没在意。可第二天老伴儿不干了，她说："老东西我看你是故意跟我过不去，你不知道没鸡打鸣了我心里空得慌吗？"

老头儿说："那你说怎么办吧？反正鸡已经让你儿子吃了。"

老伴儿总在想自己的鸡，想着它的声音隔着窗子传进屋里，清凌凌、脆生生地走进她心里，她恨老头儿断了她的念想，一宿也没睡好。

儿子理解母亲，只好到镇上的集市花高价买了一只公鸡。要说这只鸡肥嘟嘟的品相真不错，而且冠子红得像血，往下耷拉着。可不知为什么母亲等了一夜，它也没打鸣儿。

儿子只好对母亲说："看来这只公鸡认生，还没适应环境呢！"连着两天这只公鸡都是哑巴，到了第三天，本来老伴儿已经不抱啥希望了，可忽然外边响起公鸡的叫声。

老伴儿赶紧抻着脖子看着窗户说："老头子，你听！"

老头儿嘿嘿笑着说："别说公鸡，就是一只母鸡，你儿子也能让它打鸣儿。"

早晨吃饭的时候儿子说："妈，你这鸡也打鸣了，我也该走了！"

老头儿看着儿子一脸神秘地笑，然后说："你还真是你妈的儿子，愣是把一只哑巴鸡整叫唤了！"

儿子走后，公鸡又哑巴了。老伴儿走到鸡窝跟前抱起公鸡说：“儿子说得没错儿，这玩意儿还真认生。”

老头儿说：“你还真以为那是它在叫唤？那是咱儿子在哄你玩儿呢！”

老伴儿怔怔地看着老头儿，一滴泪水滴在鸡冠子上。公鸡可能受到感动，忽然抻起脖子大声地叫了起来。

熬

宾馆豪华，房间的装饰也豪华。茶几上的金马摆件泛着炫目的光泽，让刚进房间的马青青只觉得头晕。就见导演伸出修长而白皙的手指把摆件拿在手里，他的头很大而且开始谢顶，前半边已经看不见多少头发，而后半边却又被他随便地一拢梳了一个辫子。他好像没看见进屋的马青青，或者说他明明看见了而故意忽略她的存在。

摆件儿在导演手上灵巧地转着，马青青不知为什么忽然觉得此时她很像这个摆件儿，导演的手指只要一动就能决定她的命运。

导演终于玩腻了，把摆件儿放下，端起了茶杯。在他的目光落在马青青身上的时候，马青青赶紧微微一笑开始介绍自己。

导演说："啊，我想起来了，你是老枪介绍来的。"

马青青说是。导演漫不经心地问了她和老枪的关系以后，似笑非笑地说："我不管你跟她什么关系，我只认人不认情。"

接着导演又问马青青是哪所学校毕业的，在马青青回答完以后，导演不无失落地说：“你们现在的运气真好，都是专业学校毕业的，不像我拍了半辈子戏还是草班出身！”

马青青说：“其实，真功夫和学历没什么关系。”

导演听了这句话很高兴，他喝了一口茶开始认真地打量着马青青。

导演说：“我看你的形象还不错，我新接的一部年代剧有个二号女主，倒是挺适合你的。”

马青青说：“导演，谢谢你给我机会，我本来是想给你带点儿礼物的，可又不知你喜欢什么。”

导演说：“不用，你就是最好的礼物。”

马青青虽说学的是表演专业，耳濡目染也知道演艺圈儿是怎么回事儿，但她这人传统，所以毕业已经三年了，跑了很多片场还一个像样的角色没有接过。很多的同学都接了戏，有的已经开始演一号女主了。她有些着急，一个闺密便通过舅舅的战友老枪把她介绍给导演。

导演是答应马青青了，可她在横店等了一个多月也没下文。马青青只好再去找导演。导演说他是答应马青青了，可这事儿不是他一个人说了算，他还要和投资方、制片人沟通，只有他们点头了才行。

马青青没别的事儿只有看剧本，她觉得二号女主的身世太可怜了，在廉价的小旅馆里，马青青泡着方便面想着二号女主为和相爱的人长相厮守，不惜去给有钱人家当丫头，而受尽了大少爷的侮辱。马青青设身处地，好像自己真的穿越到了那个年代，成了二号女主的真身。

马青青特别感动于自己对角色的把握和理解，她打电话把这些告诉导演，可导演根本不接电话。也是没办法了，马青青只好买了一条领带，包装好了，等在导演住的宾馆房间门外。

导演回来已经半夜了，马青青不好意思地跟着导演进屋，导演说：“我不是说了吗？你好好回去等消息就行。”

马青青把领带递给导演，说：“我又没钱又不会买东西，你别见笑！”

导演说：“我懂你的意思，其实我更关心的不是你送我什么礼物，而是艺术。这你应该明白啊！”

导演明显有些生气了，马青青只好说打扰导演休息了，然后和导演告辞。

回到小旅馆又等了一个月，马青青已经把剧本吃透了，连一号女主的台词她都能背下来了。她再也不敢给导演打电话了，心里纠结，觉得再这样等下去已经没有意义了，可要这样走了又心有不甘。正在这时，导演给他来电话了，让她准备一下明天去试镜。

马青青以为这回终于可以定下来了，可试完镜以后，导演却说还得等。马青青从片场回来已经精疲力竭了，主要是心太累，这种等待不像拂晓前看日光那样心生温暖，而是每一次日出之后，说不定马上又天黑了。

这时，闺密来电话给她出主意，说：“反正导演不是暗示过你吗？你想保持本色看来是不大可能了。”

马青青觉得导演从头到尾都是在逗她玩儿，说什么制片人、投资方，又试镜的，说到底还不是为潜规则而挖的坑。

可你不被潜行吗？要上戏你总得做出点儿牺牲嘛！想到这里马青青似乎不那么排斥导演了。她给自己画了一个浅装又去找导演。

可让她意想不到的是导演的房间有人了，而且还传出来一个女孩子开心的笑声。马青青忐忑不安地盯着房间，正考虑要不要进去的时候，一个浓妆艳抹的女孩挽着导演的胳膊出来了，只听女孩说：“那说定了？”导演说：“没问题这个角色就是你的了。”

马青青只觉得委屈，转身想走，却被导演看见了。导演喊了一声马青青，然后上前说：“制片人已经同意你演二号女主了。”

马青青看着导演身边的女孩儿，说：“你不是已经答应她了吗？”

导演呵呵笑着说：“你误会了，她是我女儿。”

瓜味儿

二峰在省城打拼多年，已是一家不大不小公司的经理。他吃啊喝啊穿啊都不怎么讲究，唯独喜欢吃水果，尤其是香瓜。

二峰的家乡盛产香瓜，远近闻名。每到香瓜上市的时候，他的发小大成便亲自到省城给他送瓜，开始的时候自己也没车，大成就把香瓜用花筐装了，上边盖上一层青蒿和杂草。乘客虽然看不见里面装的是啥，但却能闻到瓜味儿。

二峰也不客气，看大成一人把香瓜搬到客厅，便着急忙慌地从花筐里摸出一个瓜，然后随便搁裤子上蹭两下就吃上了。大成看着二峰，直到二峰把一个瓜吃得只剩下瓜蒂，才嘿嘿笑了。

二峰问："你怎么不吃啊？"

大成说："看你吃呢！"

二峰吃饱了香瓜，带大成去吃饭。

大成的饭量很大，他吃得也香，这时候该轮到二峰看大成吃了。一般情况二峰都留大成住上一晚，大成要是实在太忙了，二峰也不强留。

二峰在送大成上车的时候，大成总要把花筐带上，要是忘了，二峰就提醒他。每到这时大成便嘿嘿笑着说："留着来年我还用它给你送瓜。"

其实这句话还有另外一层的意思，那就是现在农民都自己种地了，编一个筐费时间，与其扔了还不如顺手捎回去下次再用。

这些二峰当然知道，所以他啥也不说，在花筐里装几瓶地产酒，算是哥们儿的一点儿心意。要是装茅台和五粮液啥的好酒，大成就用手挡着，然后不满地看着二峰，那意思是说："我一个乡下人又喝不出好赖，这不糟蹋了吗？"

按理说，两人从小一起光屁股长大，好长时间没见面了，肯定有聊不完的话，可偏偏两人都不愿意说话，都拿目光盯着对方，累了，便一起躺在一张床上看着棚顶各想各的心思。

二峰的老家离省城坐火车只有三站地，大约不到两百里的车程，按理说踩两下油门就到了。可二峰因为忙，因为一些说不清的原因，已经有两年没回家了。

他本来计划着今年夏季瓜秋的时候回去，好好待两天，顺便和大成聚聚。可公司新上了一个项目，他又是考察又是跑市场的，等忙完这些瓜秋只剩下一个尾巴了，这时他才想起大成今年没来送瓜。

他赶紧给大成打电话，说他不讲究。大成说："你还说我，这么近的距离，你为啥不能回来看看？"二峰没话说了，是啊，我为啥不能回去看看？什么忙啊没时间啊，通通都是借口！

二峰开始给大成准备礼物，把一个后备厢都塞满了，直到实在装不进去了，才把车开走。

大成两只腿蜷在炕上，脸色灰暗地看着进屋的二峰没说话。二峰也不怪他，把东西倒腾进屋，里坐在了大成身边。

二峰说："你病了怎么不早说？"

大成神色黯然地说："我这老寒腿又不是一天两天了，跟你说又有啥用？"

二峰说："你这是不把我当兄弟啊！"

大成说："你小子少搁这儿咯吱我，我本来都把瓜装筐里了，可这腿就是不听使唤了。"

二峰嘿嘿一笑盘腿坐在炕上，开始给大成按摩，按了一会儿，他看大成也不吱声，便小声说："我有点渴了。"

大成说："你要想吃瓜了明说，我早给你预备了。"

二峰看着大成再次嘿嘿笑了,他从地窖里把瓜拿出来用水冲了一下，发现上面已经有斑点了。这让他忽然想起从地里新摘的瓜，上面有一层毛茸茸的白灰，如果是早上，白灰上面还有一层浅浅的露珠儿，凉微微甜丝丝香喷喷的，别提有多好吃了。

大成看着二峰说："嫌不好，别吃啊！"

大成显然生气了，二峰只好吃着瓜呜呜地说："是你想多了，这瓜挺好的，真挺好的！"

但大成一直奄拉着脸也不说话。

眼见天黑了，大成的心情依然没有多云转晴的意思。二峰只好说："要不我领你去偷瓜？"大成的眼睛里忽然窜起一绺火苗儿，这让两人立马想起童年时偷瓜的很多乐趣。

可是大成的腿不能走，二峰只好搀着大成。两人来到苞米地里看着对面的瓜园，恍惚着好像真的又回到了童年。这是一片晚瓜，刚开园没几天，俩人虽说在苞米地卧着，可好闻的瓜香已经在地里蔓延，随风飘了过来。大成看着瓜园故意使劲儿地吸溜着鼻子，二峰说：“你在这儿把风，我进去。”

进了瓜地，二峰才发现大成已经一瘸一拐地跟到地里。要说，俩人也够倒霉的，还没摘几个瓜就被看瓜人摁在地里了。

看瓜人举起手电筒照着大成，说：“舅，你要吃瓜说一声，我给你送啊！”

大成看着二峰嘿嘿笑，然后说：“送的和偷的能是一个味儿吗？”

瓜熟并非蒂落

国庆节前夕，我接到表侄子结婚的喜帖。没料到表侄子举行婚礼当天，我却意外地遇见了昔日的闺密李美丽。

李美丽看见了我，热情地和我打招呼、拥抱。

婚宴上，我提起了李美丽，客人们几乎都认识这个响当当的女镇长，还夸她是小镇人民的依靠呢。

婚礼结束，我返回家中小憩，禁不住想起了往事……

二十年前，我师专毕业被分配到家乡小镇的一所学校任教。

转年，学校有个老师下海经商办了停薪留职，想要找个能教低年级的代课老师。

恰巧李美丽在家待业，她能说会道又有爱心，我推荐了李美丽。

李美丽是我发小，自打上学起我俩就好得像一个人似的。

她有什么好吃的总落不下我，我有什么好吃的也同样落不下她；她有什么心里话都跟我说，我有什么心里话也同样跟她讲。

我们上初二那年，李美丽喜欢我们班音乐王老师。

王老师是新分配来的大学生，他的长相和歌声都酷似歌星蒋大为。李美丽特别爱唱歌，所以她对王老师情有独钟。

熬过半学期，李美丽尝尽了单相思的苦楚，就把自己的心声对王老师表白了，王老师听后和李美丽讲了很多道理，希望她能把精力放在学习上，故婉言拒绝了她。

这之后，她一人闷在家里，谁劝都不听，硬是辍学了。

当时李美丽的父亲是学校的主任，但对女儿固执的行为却是束手无策。

对于李美丽来说，时间是最好的良药。她蹉跎了几年韶华以后，自己逐渐地成熟起来了。

李美丽利用闲暇时间，恶补了落下的所有功课。

…………

翌年，县教委下达通知：教师队伍整改。

李美丽觉得自己代课教师转正无望，就辞职了。

说巧也巧，因工作变动，我也离开了学校。

辞职后的李美丽来到哈尔滨，学习服装设计。学成之后，开了个服装店。小店生意不错，忙不开时，我常去帮忙打下手。

后来，我们都在省城扎了根，日子过得安心恬荡。

从此，我们都忙着各自的工作，见面难免少了一些。

有一年的秋天，我去看望李美丽，到了服装店，迎接我的却是个漂亮女孩。

我问："李美丽呢？"

女孩说："她去哈师大进修了，早就把服装店兑给了我。"

回到家后，我写了封长信，表达了我的祝福，寄给了美丽。

可是一周过去了，不见美丽回信；一个月过去了，还是如此。

我暗自思忖，可能是我地址写得不详，美丽才会收不到信，所以我没多想，依然在心里祝福她。

过了几年，我应邀去一个同学家喝满月酒，恰巧碰到了从前的同事丁老师，我们聊到了李美丽。

我问："美丽进修后分到哪个学校了？"

丁老师说："当然是咱那个学校了。"

我又问："为啥呀？"

丁老师吞吞吐吐地说："可能你不知道吧，李美丽的父亲后来当校长了！她是定向分配。"

我说："那不是挺好吗！"

又过了几年，表哥阑尾炎手术，我去探望。茶余饭饱，我和表侄子闲聊。

表侄子说："人生之事很奇妙啊！一步走对步步都对，比如李美丽镇长——"

我疑惑地问："她当镇长了？"

表侄子说："可不，我是她秘书，有些事外人不知道。她进修这步就走对了，加上她务实善社交，就步步青云了！"

我说："那是因为她命好吧！"

表侄子看了看我，迟疑地说："其实改变李美丽命运的人是您，当年教育局根据有关规定给的进修名额是给您的，她顶的是您的名额才去进修的。"

我惊讶地问："怎么可能呢？"

表侄子说："这是个秘密！有一回李镇长喝多了，酒醉之后我扶她进屋，她酒后吐真言说漏嘴了，我才知道的。"

我听了，不敢相信自己的耳朵。

这之后，我再没找过李美丽。李美丽也没主动找过我。

岁月匆匆，一晃就是二十年过去了。说来也巧，就在去年春季，我到县教育局办事，需要查档案、填写资料。

我去了档案室，没想到管理档案的人竟然是我们班的王老师。他调到教育局工作多年了。

我们谈到了李美丽，王老师不经意间告诉了我一个可靠的消息：原来当年那次哈师大进修是内招，仅限于教师子女考试，没对外公布而已。

知 否

少女时代，看到貌似鱼鳞或天狗模样的巧云，我就心花怒放。于是，我在心中便种下了一个美好的愿望。

然而时光匆匆，几十年悄然若逝，这个愿望成了夙愿，直到 2021 年才算如愿以偿。

那年 5 月中旬，我出差飞往长沙。早晨起来收拾好行李、吃过早餐，看了看手机信息便出门了。

我站在门口，等待提前约好的顺风车。这时，感觉天有点儿凉，头顶上的乌云越聚越多。这些乌黑的云，形状怪异，声势浩大，有的像猛虎，有的像猎豹，有的像妖怪。它们不知来自何方，又去向何处，仿佛拼命似的往前赶着。我的心绪很复杂，有点儿担心旅途不顺利。这当口，忽然听见车喇叭“嘀嘀”响，原来是顺风车到了。

我确认了车牌号码，打开车门对司机师傅说：“你好！”

司机师傅热情地答道："美女好，坐在副驾驶位置吧。"

落座后，看到车后排座上还坐着一对小情侣，我顺手打开车窗，想继续观察天空，司机师傅微笑地说："天气预报报着今天有雨。"

我朝他笑道："嗯，碰上个雨天。"

过了一会儿，果然噼里啪啦地下雨了。我关上车窗，车玻璃瞬间模糊了。我听着外面的雨声，还有后排座上小情侣的嬉笑声，靠在椅背上闭眼眯着了。

大约一个小时，我抵达机场，下了顺风车。天公似乎很作美，这时的乌云渐渐地退去了，这些云似乎很通情达理，各自好像回到了应该去的地方，太阳很快就露出了笑脸。

我拖着拉杆行李箱，走进了大厅。安检之后，安置好行李，看了一下手机，还有一个小时才能登机呢。我伫立窗口一隅，往外遥望，没想到天穹竟然变了样。那些凶猛的乌云怎么这么不可思议地变成了一朵一朵的白云了呢？这些小可爱们，有的像成团的棉花，有的像成段的锦绣，有的像成卷的波浪，或流涟在天边，或驻足于楼宇之上，时而曼舞，时而打盹儿，真是逍遥自在呢！我不自觉地歙动着鼻翼，感觉雨后的空气倍儿爽。

然而，不止如此，最让我难忘的是在飞机上鸟瞰或仰望白云的情状。我是第一次坐南航的飞机，并且坐在靠挨窗的位置。邻座是个小伙子，去长沙出差。飞机快起飞时，我有点儿忐忑，怕晕机。喝杯咖啡的工夫，飞机起飞了。背包里备了个小型照相机。随着飞机起飞，我的耳膜"嗡嗡嗡"直响，我咬紧牙冠，不断地咽口水。小伙子看到了我的不适，告诉我说："没事的，飞机起飞和落地就这样，不过你得张嘴呼吸。"

我笑了笑，说："谢谢你。"一刻钟左右，我恢复了常态。小伙子和我聊了些旅途中的趣事，而后我们都闭目休息。

约莫半小时后，我睁开眼睛，拉开机窗挡板，凝望窗外。飞机飞到云层之上了，我赶紧掏出相机。天空出现彩云了！那一朵朵彩云，宛如仙女下凡一样，她们身着彩缎，或腾云驾雾载歌载舞，或手挽手嬉笑怒骂，遨游于天宇！我“啪啪啪”摁下快门，留住这美好的时刻。没想到我一抬头，那些仙女们已然走远了，却忽地看见了另一景观：不知从何处涌来一大匹紫红色的“骏马”——头朝东，前蹄朝上，横卧天穹，着实看不清后半身呢！我猜可能是它“嗥嗥嗥”的叫声惊扰了仙女们，不然怎么会走在后面的那个仙女刚一回眸想伸手去和它打招呼就……我赶紧拍下这千载难逢的时刻留作纪念。

这时，邻座的小伙子对我说：“姐，先别拍了，空姐来送午餐了。”

我转过身，说：“好。”等我把餐盒接过来，再去寻彩云时，却什么都看不见了。

吃完午餐，我又去寻彩云。看了好一会儿，什么都没看见。半小时后，我继续凝望天空，终于看到了美妙的瞬间：一匹梨黄色的“巨象”出现了——头朝左，尾巴朝右，貌似前腿跪着，像是在等待伴侣似的。须臾，那匹“雄象”突兀地长大了，腿伸开了，鼻子也长了，还卷了好几个弯，可尾巴不见了。我正在纳闷，它却变得朦胧了。接着又来了一头超级大的“狮子”——是葡萄紫色的，异常凶猛。它在前面咆哮，张牙舞爪的，后边还跟着几头“小狮子”。跟着，跟着，“小狮子”跟丢了，“大狮子”也不见了。后来又来了一只巨大的“雄鸡”——长得非常健壮，一身五彩缤纷的羽毛，头上有一个红得发亮的大鸡冠子，非常漂亮。不仅如此，它走起路来，更是雄赳赳气昂昂的，特别是看见情侣时发出“喔喔喔”的声音，简直酷似一名“金号手”。这些动物们不仅颜色善变，行动轨迹更是异常。若是想再看到那头“巨象”，却是痴心妄想了。

此刻，我脑海里忽然想起学生时代学过的一篇课文，课文意境是屈原先生把天上的云彩与他想象的云神完美地融合在一起了。我当时特别不理解，但有了这次亲历方知其中奥妙了！

秘　密

莲姐儿子姜虎要买房子，让母亲先去给他选一下。

姜虎这孩子说起来也挺可怜的。上小学一年级时，过年跟着父母去尚志老家探亲，没想到途中遭遇车祸，父亲不幸身亡。莲姐怕孩子受委屈一直没再嫁，一人扛起养家重担。

姜虎打小就淘气，是个地道的淘小子，上中学时没少让莲姐操心。

光阴易逝，几年间，淘小子长成了大小伙子了！

淘小子结了婚，小两口在深圳打拼。莲姐乐得合不拢嘴，有点儿苦尽甘来的滋味儿！

儿媳白桦，除了个子矮了点儿外，别的没的说。她和姜虎是青梅竹马，打小就在一起玩儿，上学又在同班。等到中考结束，迈入高中这道门槛儿，淘小子好像是突然长大了，觉得应该把精力放在升学上，不能太由着自己的性子贪玩了。

等到淘小子考上了一本重点大学,白桦也越过一本分数线五十多分。淘小子觉得白桦对他好，适合做终身伴侣。淘小子便向白桦吐露了心声。后来经过相处，彼此觉得默契，就领了证。

莲姐开着车，先后去了南岗和香坊区，分别看了几家二手房和新楼房样板间，都不满意。第二天又去了江北，看了新开盘的几处楼房。比较之后，看好江北融创茂二期一栋新楼。

莲姐回家后，吃完晚饭和儿子姜虎视频通话，聊了看房概况。儿子说：“妈，就在江北买吧。”

十一小长假，小两口回来探亲，顺便去看了新房。说巧也巧，等到莲姐一家三口来到售楼处时，白桦竟然遇到了大学室友张迪。

白桦高兴地说：“小迪，你在这儿上班啊？”

张迪说：“对啊，我实习时就在这儿做销售，现在是置业顾问。你来买房吗？”

白桦答：“是呀，我们觉得这里的楼房不错。”

隔日，小两口返回深圳。购房事宜委托莲姐代办。

一周后，预交首付款前一晚，莲姐给儿子姜虎打电话问新房写谁的名字。儿子说当然是写媳妇白桦的名字了。莲姐听了，心里疑虑，一宿没睡好。

翌日，莲姐又给儿子打电话，大概内容是劝儿子改变主意，房产证上写他名字或者写他俩名字。然而姜虎却说不能写他俩名字，那样再买房时不合适，并说他要兑现许给白桦的承诺——在哈尔滨买套属于她自己的大房子，最后还是不改初衷，目的是让媳妇过日子心里踏实。

莲姐很失落，心想：真是儿子大了不由娘啊！改变不了儿子，就只能听从儿子的安排吧。

白桦呢？其实她根本不在意新房子写谁的名字，因为她爱的是姜虎这个人——聪明、能干、有担当，与别的没关系。

姜虎要在房产证上写她的名字，也不能枉费了他的一片苦心，同时，她还得考虑婆婆的想法。毕竟她一人带着姜虎相依为命二十多年，挺不容易，不能让婆婆有后顾之忧。

思来想去，白桦给大学室友张迪打电话。

张迪劝白桦："好事多磨，放心吧——这事包在老同学身上。"

吃过早餐，莲姐去售楼中心交首付款。张迪早已在门口恭候。而后，领着莲姐去了大厅，排队等候叫号。

此时，张迪让莲姐拿出相关人证件，告诉她填写相应资料，随后送去审核。

半小时后，张迪走了过来，对莲姐说："我和您儿子通过电话了，情况有点儿变化。交首付贷款买房，写你儿媳名字不行，除非是付全款。"

莲姐疑惑地问："为啥呀？"张迪说："白桦是助学贷款读完大学的，银行记录显示，她没按期还贷，而是一次还清的；按照银行规定，三年之内不能再贷款了。"

莲姐听得似懂非懂，便掏出手机，拨通了儿子电话问："咋办？"儿子说："新房还得买。"莲姐又问："房产证上写谁的名字？"儿子说他和媳妇商量妥了，写他本人名字。

工作人员叫到莲姐号了。

莲姐往窗口走去。她交完首付款，房本上写了姜虎的名字。

这个秘密，到现在莲姐都不知道。

走　向

葛兵是这个村第一个考上大学的，村里年轻人都羡慕葛兵。在他上学走的时候，半个村子的人都到村外的道口去送他。葛兵很感动，眼窝儿湿湿的。

小艾也来了，可她却远远地站在一棵树下藏了起来。葛兵没看见小艾，他以为小艾不能来了，所以和大家道别后匆匆地走了。

小艾喜欢葛兵，可现在葛兵上大学了，好像有一堵墙忽然横在他们中间。小艾知道所有的憧憬都随着葛兵远去的车轮被碾碎了。在以后的岁月里，葛兵只能藏在自己的心里了。

但世事难料，一年以后，本来有着大好前程的葛兵，却因为得了白血病休学了。小艾听到这个消息，心里先是一震，眼泪不可抑制地流了出来，怎么也擦不完。

现在葛兵和当时走的时候一样，目光还是那样清澈，只是瘦了，脸上好像涂着一层暗灰的粉末。葛兵知道自己得的这个病，早有心理准备。他对小艾沮丧地说："你还来干什么？"

其实，在这一年里，葛兵曾经给小艾写过两封信，他告诉小艾，他知道她喜欢他，而他也喜欢她。可小艾一直没有回信，葛兵也知道他和小艾是不会有结果了，但他心里还是惦记着小艾。这就像天上有一块很大的云彩，黑黑的，罩在头顶，看着像是要下雨，可雨一直也没下来，这让葛兵的心里很压抑。

葛兵也不想责问小艾为什么不回信，因为最后他也不能娶她。得病后葛兵想：现在的结果也许是最好的结果。

小艾在葛家待了很长时间，为了逗葛兵开心，她给葛兵讲了好多好多的笑话，葛兵也笑了，但笑里藏着许多苦涩。

家里负担不起葛兵的医疗费用，葛兵治疗不到半年，已经花光了家里的全部积蓄，小艾把自己攒的私房钱拿出来。葛兵说："我这个病别说没钱，即使有钱也没用，你还是给自己留着买嫁妆吧！"

那天小艾坐在葛兵的对面很忧伤，她看着葛兵半天才问："真治不好了？"

葛兵点点头。小艾说："可我不能让你就这么挺着啊！"

葛兵忽然抓住小艾的手，说："小艾，我对不住你！"

小艾说："是我没回你的信，你有啥对不住我的？"

葛兵说："其实你即使回信了又能怎样？你也看出来了，我给你写信是应付你，怕你太伤心，可要说咱们将来在一起，我还真没有想好。"

小艾神色困惑地看着葛兵问："你不爱我？"

葛兵说："爱不爱，我也说不清楚。"

小艾又问："那是什么？"

葛兵说：“现在说这些已经没有意义了。”

自从葛兵回来以后，小艾几乎每天都来葛家看他，她也不顾村里人的流言蜚语和父母的反对，她从内心只想让葛兵好起来，尽快返回学校读书。可自从听了葛兵那番表白之后，小艾沉默了，然后哭了。她本来以为葛兵是爱她的，她才没回他的信，怕耽误他的前程。现在看来一切都不像自己想得那样美好。

但善良的小艾还是跟葛兵说，她要进城打工赚钱，然后回来给他治病。

葛兵摇着头苦笑。

小艾的妹妹小芹在姐姐走后，开始去照顾葛兵。她说这是姐姐的嘱托，让她腾出时间多陪陪他。

葛兵说：“小艾也是，自己还不够又把你搭上了。”

小芹和姐姐的性格截然相反，一天大大咧咧不管不顾的，有时候一个不注意，就把葛兵的药碗碰翻了，药汁把被子弄脏了，她还在那一个人呵呵地笑。葛兵开始还跟着笑，后来便沉默了。他开始想小艾，想到心痛，想到经常忘记吃药。这时候小芹就说：“你想她干啥？该回来的时候自然就回来了。”

葛兵伤感地说：“小艾也许不会回来了。”

小芹说：“她那么喜欢你，怎么会呢？会回来的。”

葛兵就不跟小芹说话了，闭上眼睛。小芹不会唱歌，一张嘴准跑调儿，可她偏偏喜欢给葛兵唱歌。葛兵最后只好说：“你能不折磨我吗？”

那天小芹特意给葛兵做了一碗蘑菇汤，她也说不上听谁说的，说这玩意儿补血，看着葛兵很愉快地把汤喝完了，小芹以为葛兵喜欢，便连着半个月天天给葛兵煲蘑菇汤。

后来，葛兵的病越来越重了，一张苍白的脸已经没有一丝血色，他的父母也只能长吁短叹。

又是半年的时光过去了，小艾走的时候刚刚开春，路上积雪片片，但现在大地已经满眼橘黄。葛兵还是离开了这个世界，小艾虽说没回来，但小芹一直守在他身边。葛兵临去世时，曾对小芹说他想看一眼小艾。

小芹握着葛兵的手说："你现在就把我当成她吧！"

说完这句话，在场的人都哭了。

其实，小艾进城后，外面的世界把她弄得眼花缭乱，小小年纪嫁给了一个大她二十多岁的有钱人。

这件事大家都知道，唯独瞒着葛兵。

门里门外

山和彤结婚二十余载。这些年，风雨与共，苦尽甘来。但昨晚之事，让彤百思不得其解，非得要跟山离婚不可！

深秋，天凉了，彤忽然想起了那双高帮运动鞋，想找出来穿。当晚，彤想去旧楼取回这双鞋。因为刚搬进新楼没几天，还有不少东西没搬过来。

约莫五点多钟，山给彤发微信，见她没回复，便打了电话，告诉她说晚上有点事，就不一起运动了。

彤干完家务活，换上运动休闲服，按惯例，在原来旧楼小区走圈锻炼。

走完圈，来到旧楼门前。彤从兜里拽出钥匙，插在锁芯里，用手往右拧半圈，没打开门；抽出钥匙，看了看，没拿错钥匙，再插进锁芯，拧一圈，又一圈，还是没打开门。彤想：怪了，咋还打不开呢？是不是自己开错门了？往后转身，看了看对门。没错，她又重新开门，结果还是没打开门。

彤从裤兜里掏出手机，给山打了电话，不料语音提示关机。她又打电话，还是没打通。

这时，楼上下来一个人，彤瞅了瞅对方，想寻求帮助，但不认识，就没好意思。

彤望着敞开的单元门，她不想就这样离开……

听到开门声，在室内的山知道是彤来了，他便走到门前，问："你咋来了呢？"彤问："门咋弄的？为啥打不开了呢？"

山回答说："先把钥匙拽出去……"

门开了，彤踏进屋，抬头看见一个熟悉的女人。

彤疑惑地质问山："你不是说有事吗？怎么来这儿了？"

山说："是顺便商量点儿事。"

彤生气地问："商量事还用关手机反锁门吗？"

山说："怕她老公跟进来，造成误会说不清楚。"

彤气囔囔地走到写字台旁边，找到了运动鞋盒。她噼里啪啦地把鞋子放进了背包，随即一脚把空鞋盒踢飞了，正巧鞋盒落在了女人眼前——她低着头不知说什么才好，很尴尬的样子。

彤强压着怒火，走到门前，又回过头，大喊："你们在屋里干啥？只有你们自己最清楚了。"而后，转身"啪"一声，把门摔得山响。

屋里这个女人叫嫚，曾是山的同班同学。上学时，嫚学习拔尖，山很羡慕，后来她考上了医科大学。

且今，尽管山和嫚同住一个单元门，但彼此因工作岗位不同，来往自然就少了些。

前不久，彤身体不适，住院了。恰巧，主治医生竟然是嫚。

彤是个贤妻良母。这么多年，家里家外，侍奉老幼，任劳任怨。而山呢？

除了工作,家务活几乎不怎么干。况且,儿子已读博士了,家里没了操心事,眼看好日子就来了。

然而,天有不测风云,彤病例出来了——她得了不治之症!

山不能把真相告诉她,她若是知道自己患上了癌症,会倒下的,说不定立马就崩溃了呢。

山是个男人,得保护她,得让她好好地活着。

思来想去,山有了一个好办法。

山约了嫚,把心中的秘密告诉了她,求她帮帮忙。嫚沉思了良久,最后同意了。

经过这么一折腾,彤身心俱疲,又住院了。一周后,她感觉好了很多,能下床溜达了。趁山不在,想找医生问一下,准备出院。

彤来到医生办公室,还没等走进屋,就听见门缝里传出嫚嘱咐另一位医生:“这是彤的真实病例,记住了,千万别让她本人知道——她得了癌症。这是她老公的意思,我答应保守秘密的。”

彤听了甚是惊愕,不由得眼里氾满了泪珠……

完璧归赵

妮把五个闺女拉扯大着实不容易，如今老闺女也已成家立业，总算松了一口气。

二十年来，自打妮嫁给了春就夫唱妇随，亲朋好友无不夸她是贤妻良母，然而这次她要为自己做回主。

妮作这个决定，以至于等到这一天，都跟笔友推心置腹地交谈过，因为彼此早就把对方当成了灵魂知己。

妮收拾好行囊，临走前再三叮嘱春要照顾好自己……

初秋的京城，秋风伴着细雨，气候宜人。春按部就班回到家，吃完饭正坐在沙发上看电视。还没等看完《新闻联播》，忽然门“当当当”地响了几声。

春起身走到门前推开门，眼前出现一位五十来岁穿着朴素的乡下女人，身后还跟着一个二十来岁的帅气小伙子。春疑惑地问：“你们找谁？”

此刻，时间貌似停住了，他们仨面面相觑，不知不觉好像都在彼此的眼神里找到了梦寐以求的东西。春感到既熟悉又陌生，他愣了片刻，进而又否定了一切。春继续问：“你们——是不是敲错门了？”

女人一边极力地掩饰自己激动的情绪，一边望着眼前这个让她既爱又恨的男人，委屈地说：“二十年了，你真的连我都不认识了吗？”

春听了女人的话，如梦初醒一般，他若有所思，又喜上眉梢：是啊，春怎能忘记眼前这个女人呢？他骨子里从来就没有忘记她，只是把她深深地埋藏在心底罢了！这种感觉时常令他相思难耐，又无法忘却，只能默默忍受！以至于他在梦中，常常喊出她的乳名。这种刻骨铭心的挚爱，只有亲身经历的人才能体会得到啊！

他们俩原本就是青梅竹马、天造地设的一对情侣！若不是因为当年春所在的部队突然奉命参加南部战争，他们俩早就结婚成为真正的一家人了。

可是命运偏偏不作美，总是喜欢捉弄那些有情人，使他们终究成不了眷属。在那次战斗中，春是唯一的幸存者，他亲眼看见了战友们牺牲的壮举。其中有一个叫大个儿的兄弟，临死前爬到他身边，拽着他的手恳求道：“大哥，我无父无母，老家仅有个妹子叫妮，我就把她托付给你了。”春含着泪点了头。

对于春来说，这是他应该做的，他得对得起大个儿；对于眼前这个女人来说，他愧疚一辈子；对于妮来说，她是幸福的，因为她不知道真相。

而今，她怎么突然找到自己了呢？都过去二十年了，是什么机缘巧合让我们再见面了呢？她这些年过得怎么样？一切的一切都好吗？

春了解眼前这个女人，她傲骨嶙嶙，心口如一。若不是碰到什么意外之事是不会来找他的——一辈子都不会，何况还是带着孩子，她遇到什么困难了吗？

春来不及细想，他赶紧让母子俩进屋。

春有点儿不知所措，他让母子俩坐在沙发上休息，而后拿了两瓶矿泉水，递给了女人和小伙子。他语无伦次地问：“大老远地来到北京，一定累了吧？”

女人瘫在沙发上，透过微弱的灯光，春凝视着这个瘦骨伶仃的女人，尽管岁月无情地在她脸上留下了过多的皱纹，但是那双明亮且有神的眼睛却始终是迷人的。女人感受到了春对自己的些许情意，便故意转移视线捋了捋挡在眼角的刘海，而后接着春的话茬儿淡定地说：“不累，我是来送我们的儿子，到北京上大学的。”

春听了女人的话，犹如晴天霹雳一般，又像中了五百万彩票似的，继而睁大了圆眼诧异地问：“我们的儿子？”

女人看了看春，镇静地说：“嗯，没错。他就是我们的儿子！”

女人从容地站起来，凑到小伙子身旁拉着他的手，郑重地说：“快叫爸爸——这就是你二十年，没有见面的爸爸。”

小伙子走到春身边，叫了一句：“爸爸……”

春听到了这个世界上最动听的声音，他内心暗忖：自己配享这份天伦之乐吗？这个桀骜不驯的汉子不由得眼里噙满了泪水——他有儿子了！

随后，女人和蔼地说：“二十年过去了，该忘记的都忘记吧。我们都老了。认祖归宗是天经地义的。我这次除了把儿子给你送回来以外，还有其他的事要处理。”

女人没待多大一会儿，表达完要说的内容便起身离去。

春好像做梦一样，与儿子促膝谈心。这父子俩，时而喜笑颜开，时而握手交谈，时而抱头痛哭……

月落参横，父子俩才躺在床上睡觉。等儿子睡熟，春悄悄走到书房，来到写字台前打开抽屉，拿出日记本写日记。不料，日记本扉页上夹着个纤巧的便条。

他拿起来展开一看，上面写道：春，家里来客人了吧？我和她是笔友。我懂她，也懂你，更懂自己。我帮你把领养的五个孩子都侍奉大了，是该完璧归赵的时候了——祝福你们！妮。

适　应

新媳妇小叶是老戴用自行车娶来的，和小叶一起来的还有她独生女儿娇娇。自行车是加重的那种，很结实，小叶坐在后座上，而娇娇坐在自行车的横梁上。

时间是夏天，有点儿热，老戴使劲儿地蹬着自行车，只能听见路两边树上的鸟叫声。小叶双手搂着老戴的腰，一副很满足的样子。

要到家门口了，开始有街坊跟老戴说话，老戴只好把车子停下来一脸微笑着回话。小叶看着这些陌生的邻居便也跟着笑。于是便有邻居说："看不出老戴还蛮有艳福嘛！"要说小叶长得那是没说的，虽说三十大儿了也生过孩子了，可还是蛮漂亮的，这也是老戴选择小叶的主要原因。

老戴的媳妇去世几年了，老想找一个伴儿，可始终也遇不到合适的，而小叶正好和丈夫离婚了，两人经人介绍一下子就对上眼了。

其实老戴已经四十多岁了，儿子结婚都有孩子了，他根本没想到还能找到小叶这么年轻又漂亮的媳妇。而小叶主要是看上了老戴的工作，虽说岁数是大了一些，可这跟一份安稳的生活相比还是可以忽略的。

小叶用手揽着自己的女儿娇娇进了屋，随意浏览了一下屋里的陈设，虽说跟想得不太一样，但大体上还能说得过去。

老戴说："时间挺匆忙的你又不让置办，我也没来得及收拾，让你受委屈了。"

小叶说："就冲你这句话，我也没嫁错人。"

老戴左右看看赶紧把灶台点着了烧水。小叶挪动着身子慢慢地踱到堂屋中间，开始看柜子上摆着的老戴媳妇的遗像。屋里很静，只有娇娇来回走动的轻微声音。挂钟在遗像左侧挂着，好像还是新的，只是钟摆不停地摆动着让人觉得心烦。小叶不由地皱起眉头。

老戴把一杯水放在柜子上，说："先喝点水，我加糖了。"

娇娇赶紧说："妈，我也要喝水！"

老戴说："都有。"

小叶看着遗像，说："你老婆长得蛮好看的！"

老戴说："谢谢你，我一定当真话听！"

小叶看着老戴，说："你怎么知道我说的不是真话？"

老戴问："要不我把它拿下来？搁这儿挺碍眼的。"

小叶说："我来时它就搁这儿了，你现在要把它收了，倒显得我连一张照片都容不下了，这不好。"

话是这样说，可夜里小叶在和老戴折腾的时候总走神儿，觉得老戴的媳妇就在堂屋那盯着，所以配合得一点儿也不好。完事了老戴意犹未尽地问："我看你好像有点儿心不在焉，要有事儿你就说，千万别不好意思。"小叶反问道："我能有什么事儿？"

可是白天老戴上班，小叶在家里却经常看着堂屋的遗像发呆，她有些后悔没让老戴把遗像摘下来。时间久了，女儿终于知道母亲的心病，所以那天趁着老戴和母亲不在家，便把自己父亲的一张照片装在一个镜框里也立在了挂钟跟前。

小叶回来埋怨女儿娇娇："你咋把你爸照片搁那儿了？"娇娇说："我是看她太孤单了，想让我爸给她做个伴儿。"

老戴神色几度变换，然后嘿嘿笑着说："我看挺好的，不管怎么说，他还是娇娇的爸爸！"

但男人的适应能力很强，老戴夜里在和小叶行夫妻事时，眼前也闪过小叶前夫的照片，可那也只是一闪而过，倒没太大影响。

老戴是一家粮店的主任，家里米面油啥的都不缺，不到半年，小叶和娇娇都吃胖了。小叶心里充满感激，她现在已经很少去想堂屋里柜子上的遗像了。

老戴对娇娇很好，晚上回来总不忘给孩子带点儿零食。不知从什么时候开始，小叶也没注意，娇娇已经喊老戴爸爸了。那天小叶特意做了四个菜，一家人吃得都很开心。小叶说："老戴你知道吗？你对我女儿好，其实比对我好还重要。"

国庆节到了，一家人出去郊游，晚上回来的时候大家都很累，可娇娇忽然坐在地上说她的脚崴了，说完这句话她的目光停在老戴身上便不动了。老戴只好蹲在地上把娇娇背到身上，四五里地，老戴愣是把娇娇背到家。

把娇娇放在床上，老戴一屁股坐在地上。娇娇从床上下来走到老戴身边，撒娇地推着老戴说："你还真是我爸啊！"

老戴疑惑地看着娇娇，说："敢情你没崴脚啊？"

小叶故作生气地说："你这孩子，有你这么干的吗？"

娇娇说："我这不是考验他嘛！"

娇娇这个孩子学习不用功，可调皮捣蛋却有一套。她曾不止一次地恶搞老戴。可老戴都云淡风轻地过去了，这让娇娇对老戴的好感越来越浓了。

当天晚上，小叶前夫的照片被娇娇拿走了，老戴也要把前妻的遗像取走。可小叶却说："算了，我已经适应了。"

血　缘

不知从什么时候开始，父亲苏大忠住在了儿子对面的小区，在儿子苏戈送典典去幼儿园的时候，苏大忠就跟在儿子的身后，一般的情况下苏大忠都和儿子苏戈保持一定的距离，他怕儿子发现自己。但儿子还是发现了他。

那天苏戈在把典典送到学校以后，忽然想起一件事儿要嘱咐儿子，便折身又返了回来，也就是在这时他发现了父亲正在手扶栏杆抻着脖子向幼儿园里看。虽然已经小十年没见面了，可他仅凭父亲瘦削的背影还是一眼认出了父亲。父亲看着站在自己面前的儿子,有些尴尬和不知所措。

儿子问："怎么良心发现了？"

父亲说："我就是想看看我孙子，没别的意思。"

儿子说："你有孙子吗？"

父亲说："你这话说的，典典不就是我孙子吗？"

儿子微微一笑，说：“没错儿，在血缘上他的确应该叫你爷爷，可在亲情上你好意思让他叫你爷爷吗？”

父亲说：“儿子，我今儿是来给你道歉的，我知道，欠你们的太多了，我也不想你们能原谅我，只要你能让我看看孙子就行！”

儿子说：“这些话你别跟我说，去跟我妈说，只要她说原谅你了，我无所谓。”

苏戈说完这句话就走了，父亲苏大忠望着苏戈的背影颓丧地靠在一棵树上，早春的日光暖暖地扑在他身上，可他只觉得心里发冷。

苏戈的母亲前几年已经去世了，如果她还活着，苏大忠也许就没勇气回来了。在苏戈还没进幼儿园的时候，苏大忠便跟一个女人跑了，而且还拿走了家里所有的存款。现在母亲走了，他却回来了，苏戈越想心里越堵得慌，他早已经用怨恨切割了和父亲苏大忠有关的一切联系，他这一辈子都不想再见到这个人。

可这个人偏偏不知好歹地又回来了。

晚上，苏戈只好把苏大忠回来的消息告诉了老婆，他的意思是想让老婆站在他这边，和自己一起同仇敌忾，可没想到老婆却说：“他毕竟是咱们的爸啊！”

苏大忠每天都去幼儿园看典典，透过铁栅栏看着典典在园里玩耍，苏大忠就会想起苏戈，想起苏戈小时候，他也是这样站在外面看儿子。但他现在看的是孙子，隔了一代那种感觉还真的不一样。好像孩子的一举一动都使他的心跟着动。

那天苏戈来晚了，苏大忠牵着典典的手正在往小区里走。苏戈迎住父亲，说：“你是怎么把孩子骗出来的？”苏大忠说：“这还用骗吗？人老师一看我这长相，就知道我是典典的爷爷。”

苏戈上前把典典的手牵过来，说：“以后请你离我儿子远点儿，我不想让他再看见你！”

典典一步一回头地看着苏大忠，对爸爸说：“爸爸，你为啥这么凶？难道他不是我爷爷？”

苏戈说：“你爷爷早死了，他怎么会是你爷爷呢？”

但典典根本没信，在以后的日子里，典典经常跑到栅栏跟前，隔着栅栏和苏大忠说话，苏大忠便偷着给典典买好吃的和玩具。

典典虽然只有六岁，可他完全相信苏大忠就是他爷爷，所以在叫爷爷的时候是完全发自内心、饱含深情的。这让苏大忠很感动，眼泪也不知不觉地流了出来。孙子叫爷爷本来是再平常不过的事儿了，可在经历了这场磨难之后，在他的身份不被儿子认可的情况下，由孙子典典叫出来，他又怎么能不激动呢？

都说人老了泪腺松弛了容易流泪，这话还真对呢！在和孙子典典相处的这些日子，苏大忠的眼睛总是湿的，他总在流泪，以至于典典经常问：“爷爷，你怎么又哭了？”

苏大忠和典典秘密来往，还是被苏戈发现了。老婆对苏戈说：“这回你明白什么叫血浓于水了吧！你可以不认，但你挡不住孩子认。”

那天苏戈亲自登门去苏大忠家，苏戈说：“孙子你也看到了，你也该走了。”

苏大忠说：“儿子，我现在已经老了，你让我去哪儿啊？”

苏戈狠狠地说：“我说过了我不是你儿子！你要再叫我儿子，别怪我对你不客气了。”

苏大忠谦卑地说：“苏戈，我毕竟给了你一条生命，你让我在这里赎罪还不行吗？”

两个人谈了半天，最后还是不欢而散了。正好清明节到了，苏戈带着儿子到母亲的墓地祭奠，正好苏大忠也在，苏戈看着脊背佝偻的父亲不知为什么忽然心里一动。接着典典一下跑到苏大忠跟前，大声地喊着爷爷。

苏戈说："你还真以为放下屠刀可以立地成佛啊！"

苏大忠可怜巴巴地说："我就是想跟你妈忏悔。"

苏戈说："可惜我妈听不到了！"

那天下午典典忽然不见了，苏戈赶紧去苏大忠居住的小区，发现父亲正在草坪跟前给典典念儿歌，他念一句，典典也跟着念一句。只听父亲念道："鸡儿叫，鸟儿飞，敞开屋门，等爹归……"

这是父亲自编的哄苏戈的一首儿歌，当时苏戈太小听着也没觉得怎么着，现在苏戈有儿子了，再听这首儿歌不知为什么心里却有了别样的滋味。随着典典稚嫩的童音，苏戈不知不觉地也跟着念了起来。

辑四

因 果

王医生，本名王兴德，民国时期，开所行医，正骨拿环。在拉林河畔方圆百里挂头牌，就连哈尔滨人或者长春人，折胳膊、断腿的都慕名而来，求王医生接骨正位。

三十年前，一天申时，王兴德家来了一位不速之客。这位客人有点儿像乞丐，但又不是乞丐。

暂且称之为乞丐吧。乞丐来到院门口，祈求能吃顿饱饭，就“当当当”地敲了几下大门，但无人搭理；过了几分钟，又敲了几下，还是没人回应。乞丐寻思可能家里没人，看来得去别处碰碰运气了。然而，乞丐要走未走之时，却听见院里传来了脚步声。

王兴德的父亲王掌柜，闻声来到大门口，隔着大门从门缝里往外看，只见眼前有个衣衫褴褛、瘦骨嶙峋、五十开外、面色枯黄、眸子暗淡的老人，腰间还挂着个小口袋，正伫立门口张望。王掌柜便打开大门，和蔼地问乞丐：“老兄，你找谁啊？”

乞丐朝王掌柜打量了一番，暗自思忖：好一个慈眉善目的汉子啊！须臾，他结结巴巴地对王掌柜说：“老弟，我……我好几天没……没吃顿饱饭了，能……能赏给我一碗饭吗？”

王掌柜听了，不由得心生恻隐之情，便不假思索地说：“你等一下，待我进屋看看。”

王掌柜没等走到屋里，夫人一边抱着王兴德喂奶，一边朝王掌柜望去，微笑地问：“当家的，谁敲门哪？”

王掌柜说：“是个乞丐，要点儿吃的，咱家有剩饭吗？”

夫人想了想，遗憾地说：“中午没剩饭。”

王掌柜又问：“那咋办？乞丐说好几天没吃顿饱饭了。”

夫人又瞅了一眼王掌柜，和善地说：“当家的，你看着办吧。”

王掌柜暗忖，家里着实不富裕，但给乞丐吃一顿饱饭，还是不成问题的。

于是，王掌柜把乞丐请进屋。

王掌柜夫妇放下所有事情，忙乎了一大阵子，做了四菜一汤，还备有常年没舍得喝的好酒。

天擦黑时，乞丐酒足饭饱，但丝毫没有要走之意。王掌柜就留乞丐住了一宿。夫人把客房收拾干净，还换上了干净的被褥，请乞丐到客房休息。

第二天早晨，夫人做好了早餐。王掌柜去招呼乞丐吃饭，没等进屋竟然听见了呼噜声，以至于等到乞丐睡到自然醒才吃饭。

不仅如此，王掌柜还主动陪乞丐唠嗑喝茶，可是乞丐话语极少，倒像是换了个人似的。

王掌柜夫妇安之若素，依旧满面春风地有说有笑，依旧好饭好菜地侍奉着乞丐。乞丐似乎很享受王家的盛情款待,竟然没丁点儿离开的意思。

乞丐又住了一宿,这一宿还是睡得很香,仍旧睡到翌日八九点钟才醒。如此这般，住到第七天，吃完午饭快到晌午时，乞丐说他有事得走了。

不难看出，乞丐还想继续住着，但实在是于心不忍。

乞丐临走前，王掌柜给他换上了新衣服，还送了十块大洋和一大包干粮。出门后，王掌柜送乞丐一里多地才回家。

然而，王掌柜就要走到家门口时，没想到一回头，却瞧见乞丐又折了回来。

乞丐见到了王掌柜，满脸堆笑，激动地说：“老弟，我……我有个事……得跟你说。”

王掌柜莫名其妙地看着乞丐，疑惑地问：“老兄，有话尽管说。”

乞丐掏心窝地说：“我……我半辈子走遍天下，就是要寻找……寻找一个像你这样的大善人。”

王掌柜握着乞丐的手，不好意思地说：“老兄过奖了，我只是做了我该做的。”

乞丐眼角湿润了，他取下挂在腰间的小包，拿出一部古书，郑重地递给了王掌柜，真诚地说：“这是我……我家的传家宝，都珍藏……珍藏一辈子了。它是一部保治……红伤的正骨书籍。我……我不才……你……你传给后代吧。”

王掌柜收下了这部书。正是这部书，改写了王掌柜家族的历史！

王掌柜对此书爱不释手，潜心钻研，不断学习。不久，便掌握了正骨治红伤的技术。

几年后，他成了名副其实的王医生。逢人治病，碰到困难户，只收一点儿费用。这样，积善成德，有口皆碑。

后来，王掌柜老了，把手艺传给了长子王兴德。父子修好见好，吉人天相。辈辈传之不尽，受益无穷。

突　然

二十年前的一天下午，闺密夏辉兴高采烈地告诉我，兰丝美容院的切眉技术在哈尔滨挂金牌，就连外省的顾客都慕名前来，我听了欣喜万分。

二十世纪九十年代初期，时兴文眉时，我文了一次让我终生难忘的怪眉。纹绣师盖丽丽是大姑姐家的邻居，大姑姐总跟我夸盖丽丽心灵手巧，干啥像啥。

耳听不如一见，盖丽丽二十出头，身材娇小，长得眉清目秀，特别是她印堂上那颗美人痣，更是令人过目不忘。

盖丽丽出徒半年，在老家五常镇繁华地段开了一家美容院，试营业期间，亲朋好友纷纷过来捧场。

那天人很多，我和大姑姐排号等候，盖丽丽说大姑姐是方脸形，文弯月眉好看。果然如此，大姑姐文完眉后，眉形往下弯着，像天然的两道弧，特别是她说话时还一动一动的，就像晚春时节随风摇曳的柳叶，谁看都说漂亮。

轮到我时，盖丽丽说我是长脸形，适合文一字眉，能拉宽脸部比例，扬长避短，文出来好看。

然而，誓与愿违，盖丽丽用眉笔画出来的眉形，看着自然立体，但照着去纹时，却走了样儿。

后来，盖丽丽的手有点不听使唤，不得不反复修改，用了两个多小时，在我的脸上文了一对宽眉。

当时，这种眉型大街小巷随处可见。而我，照着镜子却看见朝两鬓高挑着的那两道眉毛，它们宛如湖上野鸭子张开的翅膀，又像毛笔抹上去的，酷似两把镰刀片，悬在我的额下。

我苦闷极了。回到家，家人看了责怪；去学校上班，同事看了窃窃私语。总之，走到哪里，哪里的人都像看怪物似的看我。看见我的人，都先看这个“扎眼”的眉形，随后问一句：“眉在哪儿文的？”

一晃儿，十几年过去了，宽眉已然成了心病。

夏辉深知我的苦恼，她在灵感美发会所上班，接触顾客多，总是帮我四处打听，寻找能把我这“揪心”的眉毛剔除的纹绣师。

端午节已时，我和夏辉如约而至，来到兰丝美容院。美容顾问李小美热情地接待了我们，随后介绍了各种医美项目，强调了美容院对顾客的承诺。

凡是来本院消费三万元的顾客，每月返现两千五百元，一年后返现完毕；若推荐一个新顾客，奖励消费额度的百分之十八。这种经营模式一传俩、俩传仨，大家都拍手称快。

喝杯茶的工夫，李小美帮我预约了切眉时间，她说纹绣师兰丝每天都有几台手术，顾客按照先来后到排号，我排在明天。

兰丝女士是个美人，大眼睛、高鼻梁，四十开外，看上去依旧杏脸桃腮，着实比同龄人年轻许多。她给我切眉时，边干活边跟我聊天。

她说：“做女人不容易，不只是照顾好家人，还得有份属于自己的事业。”我说：“时代在进步，咱女人不能随遇而安，得跟上时代的步伐。”她说：“可惜以前不懂这些，以为找个老公、有个孩子就有了一切，后来……其实不然，女人自强得是一辈子。”她有说有笑，分散了我的注意力。

半年后，切痕恢复得不错，不细瞅根本看不见纤痕，手术非常成功。我想趁热打铁把眉毛文上，去掉我多年的心病。

一天下午，我满怀喜悦地来到兰丝美容院，李小美对我依旧热情。

我问：“帮我约下兰丝，我要文眉。”

李小美答：“兰姐不在了，现在的纹绣师叫盖丽丽。”

我又问：“就是那个身材娇小、长得秀气、印堂上有颗美人痣的盖丽丽？”

李小美：“对，你认识？”

我点点头。

李小美：“她……”

我问：“兰丝去哪儿了？”

李小美答：“兰姐去韩国学习回来后，自己做抽脂美腰，不慎意外离世了！”

我听后，心里特别难受，眼泪不由自主地流了下来。

情　债

“我自己妈都没侍候着,倒是把古姨接到家里来,侍奉了十几个年头。”

堂姐跟我说这话时，眼里充满些许自责。

堂姐在少女时代受大伯的影响，离开城市到岩岗屯居住，在那里一住就是十几年，直到结婚生娃。

二十世纪八十年代初期，大伯的冤案得以昭雪。堂姐随大伯返回县城。落实政策后，大伯返回检察院工作。堂姐夫妇没念几年书，找不到正式工作，只能靠打零工维持家庭开销。

四年后，深冬的一天，大伯突感到腹部疼痛，吃饭吞咽困难，去县医院经过各项检查，被诊断为胃癌晚期。

大伯清楚自己的病情，平时总是忙这忙那的，小觑了胃疼，耽误了最佳的治疗时间。

堂姐心里时常自责，倘若对父亲关心多点儿，早点儿带他去医院好好好检查检查，或许胃病就不会变成不治之症。

大伯知道自己时日已到，接受了眼前的事实，但有个遗愿却不知能否完成。

大伯临走前，对堂姐说："过去是我连累了你；现在，没资格求你替我干啥了吧！"

堂姐握住大伯的手，含着眼泪说："妈走得早，我是你唯一的亲人，想说啥就说吧！"

大伯想：宁可让闺女受点儿累，也要报答古姨的那份情意！他无奈地说："爸求你，替我，还份情债！"

堂姐诧异地问："什么情债？"

大伯眼眶湿润了，吃力地说："古姨是我的恩人，我来不及报答了，只能靠你，替我照顾她的余生啦！"

堂姐擦了一把眼泪，凑到大伯耳边说："爸，放心吧，我答应你！"

大伯听了，安详地闭上了眼睛。

古姨是大伯的同学，她跟大伯情投意合，是一对令人羡慕的情侣。后来因为某种原因，不得不分道扬镳。

古姨智商极高，但情商却很低，是个认死理的女子，当时听说大伯结婚后，赌气随便找了个男人就嫁了。

然而命运似乎又跟古姨开了个玩笑，结婚还不到三个月，丈夫在上班途中不幸遭遇车祸，当场身亡。

古姨经历了此事，宛如变了个人似的，对以往之事看淡了许多，心胸也宽广了些许。因此，她对大伯的怨恨少了不少。

古姨放下了恩怨，主动搜集证据，帮助大伯洗清罪名，做了力所能及之事。功夫不负有心人，经过不懈的努力，古姨获得了足够洗清大伯罪名的证据。

古姨拿着证据，鼓起勇气，走进法院，交给了法官。法院的有关负责人接到材料后，立即成立专案组核实，最终大伯的冤案得以洗清，他重返县城。

古姨颇感欣慰，心里踏实了很多，之后再没联系大伯，只过属于自己的日子，终生未嫁。

堂姐是在大伯的遗物——日记本里读到这些信息的，内心颇为震惊，感激之情，无以言表。

堂姐接受了照看古姨的差事，也把此事告知了家人。全家人都同意把古姨接到家里来。

古姨退休后，得了半身不遂，身体是一天不如一天，最后生活不能自理。

初冬的一天深夜，古姨因便秘的缘故一周没解大便。什么方法都用了，就是不管用。她被折腾得直嗷嗷叫，真想一死了之。

堂姐来到古姨身边，看着她痛苦的样子，心疼得直掉眼泪。无奈之下，堂姐去厨房倒点儿食用油，用食指抹点儿油，插入古姨肛门口，小心地往里面一丁点儿一丁点儿地抠，感觉硬邦邦的粪蛋都堵在那里了。

抽袋烟的工夫，粪蛋蛋被抠出来了，足足有一小碗呢。

古姨顺利地通了便，舒服了许多，但没过几分钟，她就哭了起来。

堂姐疑惑地问：“咋了？这是咋了？”古姨感激地说：“世上再也找不到像你这样对我好的人了！”堂姐微笑地说：“我是把你当亲妈了，也是替我爸报答你。”

古姨惭愧地说：“其实，你不必了。”堂姐诧异地问：“为什么？”古姨难为情地说：“其实，当初是我写的匿名信。”

世　相

老家伙陈二来到村外，隔老远便看见贾三牵着风筝在那儿跑。说是跑，其实比走快不了几步。陈二紧走几步把风筝举过头顶，风筝被送到天上，越升越高，一根线被绷得笔直。陈二拽了一下风筝线，说：“贾三，你还真有闲心。”

贾三缓缓地放着线，没搭话。

陈二说：“你个老家伙咋放上这玩意儿了？”贾三抻着脖子一直盯着高高飘着的风筝，可心里却在想着小时候那些遥远的往事。

那时候放风筝真好。自己摇着风筝线轴在前面跑，后边跟了半个屯子的孩子。春寒料峭，他的耳朵都被冻紫了，可一点儿也不觉得疼。他的眼里只有风筝，而孩子们的目光都齐刷刷地望着天空。那是啥？是积攒了一个冬天释放出去的念想，是风景。它飞得越高，他心里的希望就越大，就像他播了一季麦子，种子被埋在地下，而他却看到了金黄的麦浪。

现在，他放风筝是给自己看的，没了观众自然会影响到他的情绪。可他在陈二面前又不能表现出来，他怕陈二笑话自己，所以只好很有兴致、面带笑容地看着陈二。他这些细微的心理变化完全被陈二看在眼里了。陈二也不说破，忽然把他的线轴一把抢过来，嘻嘻笑了。贾三以为陈二要过过瘾呢。可稍一愣神儿，发现陈二一撒手把线轴扔向了天空。

没人操控的风筝越飘越远，眨眼之间就不见了……

“老家伙，连个人也没有，你给谁看？”不等贾三发话，陈二先训上贾三了。贾三支支吾吾地看着陈二半天，也没说句囫囵话。两人的影子投在由黄转绿的草地上，像木偶人一样呆板、寂寞，又十分孤独。

陈二住在村子的后街，贾三住前街，他们中间隔着一条街，两人本来是不对付的，可自从他们的儿子到城里打工以后，两个老家伙没人说话心里空，渐渐地也就摒弃前嫌了。陈二属夜猫子的，晚上没事儿总拿电话打扰贾三，贾三刚睡着，陈二的电话就打过来了，不是约他明天去钓鱼，就是跟他回忆小时候偷瓜的事，这让贾三有些心烦。可烦归烦，要是有几天陈二不搭理他，贾三心里反而不得劲儿。

他们没事儿经常凑在一起，又经常摆弄着手机。贾三说：“昨天我儿子来电话了，说老板对他挺好的，说他人实在能干，提拔他当带班小组长了。”陈二笑了，笑过以后说：“我儿子也来电话了，说他刚被公司提拔当部门经理了，手下管着一百多号人呢。”贾三一脸藐视地看着陈二没说话。陈二说：“你敢瞧不起我儿子？”贾三说：“我不是瞧不起你儿子，是瞧不起你，你要吹牛总得靠点儿谱吧！”接下来两人都笑了。其实他们的儿子都是出苦力的，别说当官了，十天半月也难得给两个老家伙打个电话。

两个人手脚都挺利索的，也是在村里待腻了，便合计着种几亩西瓜。别人种西瓜都扣膜，他们嫌麻烦。陈二说："不论什么玩意儿都是有季节的，你越季了，那吃着肯定不行。"两人的西瓜也不上化肥，用的都是农家自然肥。他们不愿意糊弄人，是想让人吃上绿色食品。按说他们的想法是好的，可现实却是残酷的。别人的西瓜都二三十斤一个，他们的西瓜一个还不到十斤。等他们的西瓜熟了，正赶上西瓜大量上市。市里早市的西瓜车一个挨着一个。陈二和贾三赶着驴车拉着西瓜在那杵一上午，愣是一个西瓜也没卖出去。陈二只好手里捧着西瓜推销，他说："你们看，你们睁开眼睛看看，我这西瓜没扣膜也没上化肥，吃着放心！"

但路过的人很多，也都睁着眼睛看，可大家对他们种的西瓜都没兴趣。

贾三很犯愁地看着陈二。陈二说："贾三，你说现在这是咋了，怎么我说真话没人听呢？"

他们的西瓜怎么拉出去的又怎么拉回来了。托国家政策的福，两人的日子都过得不错，房子是新盖的，地也租出去了，孩子们在外打工一年也不少赚。他们不缺钱花。他们种西瓜实际是给自己找乐子打发时间的。两人吆喝一天都觉得累了，就在车上打开两个西瓜吃。陈二看着无精打采的贾三，说："你说真话，咱这西瓜咋样？"

贾三说："当然好吃。"

陈二说："只要有你这话，咱这西瓜就算没白种。"

后来两人一商量，把一车西瓜都给乡上的学校送去了。校长绕车看着他们的西瓜，说："哎呀，要说你们这年岁种西瓜不易，我应该把你们的东西收下，可你们的西瓜个头也忒小了。"陈二说："校长你误会了，我们是白送给孩子吃的，不要钱。"校长满脸疑惑地看着陈二，又看看沉默不语的贾三，说："不要钱也不行，这不花钱的东西，心里更不托底，万一孩子们吃坏了，我更不好交代了。”

天黑了，他们的驴车还有他们的身影很快被夜色吞噬了，村子比以往更加寂寞，连一声狗叫都没有。

姻　缘

这是一个山坡，山坡被树遮住，眼前只剩一片绿。置身于树丛里看不见一丝天光，只闻鸟鸣。他和她走在树林里，中间只有几厘米的距离，只要心念一动，他们的手便可以牵在一起。两人的神态看上去很亲，可好像都没那个意思。女人伸手向前一指，说：“还记得这里吧！”男人侧过头来看看女人，嘿嘿笑了，那意思是他又怎么能忘记。

一只黄鹂站在树梢上婉转地叫着，声音细细的，好像尖利的瓷器穿透了黑夜，落在了湖水里。她站在那儿已经有很长时间了，她想听出鸟鸣蕴藏的深刻含义，显然她很失望，她只好回头看着他，那意思是：你听出什么了？他只觉得好听，可为什么好听，他也说不出来。

林子里只有鸟鸣，只有他们两人并肩地站在一起听鸟鸣，时光好像停留在这美妙的叫声里，不往前走了……

四十年前，那时他们两人都在备战高考。他们想考同一所学校，报考同一个专业。他们在这片鸟语声声的树林里不止一次地描绘过他们的未来，一起去上课、一起去图书馆查阅资料，再一起毕业、一起回到他们现在上课的中学……

她爱自己的家乡，那是深植于血脉的梦想。在她的意识里，没有比她的家乡更让人陶醉的了。而他呢？也爱这片土地，后来他考上了心仪的大学，而她因为发挥失常只上了本市的一所师范学校。

在第一年放暑假的时候，他回来了，按照事先约好的，他来到这个山坡，她已经在这里等许久了。所有的景象都似曾相识，黄鹂依然在树梢上无休止地叫着，她还在探寻似的倾听。他问："你都听这么多年了，还没听出它在叫什么吗？"

她看着他笑，然后有些迷惘地摇摇头，他看她笑了便也跟着笑。

那时真好，他们对未来的生活只有预期，还没经历，一切都是美好的，一切都在等待之中。可她等来等去，五年以后，她等来了他结婚的消息。她是不信的，像黄鹂忽然叫出乌鸦的声音，这怎么可能？她亲自到了他居住的城市，打听着找到他家楼下，正好他和他的新婚妻子买菜回来，他用手轻轻地给他的妻子擦汗，一个简单的动作立马让她明白了一切。她真想上前跟他打声招呼，送上祝福，可又怕他尴尬。

她一点儿也没恨他，觉得本该如此，一切都是命里注定的。

后来，她把精力都投入家乡的教育上，只有闲暇了才会来这片树林。她觉得他还在身边，还能和他一起听黄鹂的叫声。

此刻他有些神情颓废地坐在树林的空地上，看她倾听的样子。他说："你还和过去一样，一点儿没变。"她笑了，然后看着他说："你也没变，变的是这片树林，这些树木已经没有从前茂盛了。"

他说："谢谢你，让我临要告别这个世界时还能故地重游，还能重温我们的青春时光。”她说：“其实你最该谢的不是我，而是这山、这树林、这鸟鸣，如果没有它们，你还会来到这里吗？即使你来了又有什么意义？”

“对不起，我早就跟你说对不起了，是我辜负了你！”他深情地看着她，几乎是含着泪跟她说。她说：“我邀你回来不是让你忏悔的，跟你说我已经破译了鸟鸣的含义。”他问：“那是什么？”

“鸟儿如果不爱这片树林，它能有那么好听的声音吗？如果鸟儿不希望飞向远方，它能有那么强劲的声音吗？再如果我们不在这里，它又叫给谁听呢？”她一口气说完这些话，男人的眼泪就流出来了。

后来男人走了，他的家人按照遗嘱把他埋在了这个山坡上。

她一直觉着她是爱这个男人的，可自从男人被埋在山坡以后，她再听鸟鸣的时候，心怎么也静不下来，好像男人一直在后边推着她，让她离开。她难免心浮气躁，走在树林里再也没有从前的感觉了。

正好她也到退休的年龄了，一位大姐觉得她一人在家太孤单，就给她介绍了一个老伴儿。她本来是要回绝的，可话一出口不知为什么又答应人家了。

出人意料的是这个男人居然懂鸟语。她站在树林里十分吃惊地看着他，问：“那你知道黄鹂在叫什么吗？”男人说：“我爱你，我爱你，我爱你……”

她一脸泪水地看着男人，连连点头。

日子里的梦

“你看咱村还有几个男人？能走的都走了，你怎么这么没出息呢？”女人絮絮叨叨地数落着男人，她在帮男人打点行装。男人沉默着一句话不说，他觉得女人说得没错，这都什么年代了，谁还会守着那几亩地呢？可问题是他喜欢土地，离不开村子。在这个家里女人具有至高无上的权威，他只能顺从，不能反驳。

夜里睡觉的时候，男人趁着女人高兴，也曾小心翼翼试探女人，他想搞大棚种菜，再弄个鱼池，这样他就可以在家守着她和孩子，不用到城里打工了。女人使劲推他一把，差点儿把他推到床下。他看着女人一脸不高兴的样子，再也不敢吱声了。

男人不是怕吃苦的人，他在建筑工地两个月，流汗最多，赚钱也最多，一到月末结算，他立即把钱打到女人卡上。这时女人的电话就会及时打过来，让他要照顾好自己，别让她担心。男人说他身体很好，只是吃不惯城里的盒饭，总吃坏肚子。

女人说：“就你事儿多，敢情别人不吃盒饭吗？”

男人不敢再说，女人在那边也已经把电话挂了。

男人几乎每夜很晚才能睡着，他想女人，也想孩子。想得太厉害了，就披衣起来，走到工棚外面，对着家乡遥望。满眼星光，他只能看到浩瀚博大的夜空，他尽量想象女人和孩子熟睡的模样，还有那条狗夜里睡觉的模样。他觉得心里满满的、柔柔的，真像雨天走在麦田里。

终于结束了一个工期，村里人都回家了，他也跟着回去了。女人用手抚摸着他略显清瘦的脸，说：“这才是我男人。”男人捉住女人的手，半天也没说话。女人说：“好好歇几天吧！你以为我愿意让你出去啊！我不愿意。可现在咱家就这几亩地，眼看孩子一天天长大，哪里不得花钱？”男人悄悄松开女人的手，说：“我知道，你说的这些我都知道。”女人说：“你既然知道就得好好在外边打工，别老朝思暮想的。”

男人说：“要挣钱也不是非得去城里。”女人一下把脸撂下了，然后指着男人说：“行，你不愿意出去，那你在家，我出去。”男人看女人急了，赶紧说：“我不是这个意思。”女人说：“你不是离不开这个家吗？这回我让你天天在家守着。”男人以为她也不过是说说，所以尽量去哄女人，说了很多好话。可女人还是跟着同村的两个姐妹走了。

男人家的地块跟前有一个大坑，当时分地的时候谁也不愿意要这里，原因是一到雨天这里积水太多，影响庄稼生长。男人一看女人走了，首先想到的是这个大坑，他必须改变自己，改变女人对他的看法。

大坑被改成鱼池，一年下来有很大的收入，他粗略算计一下，完全可以顶两个人出去打工的收入。他立即打电话把自己的成绩向女人作了详细的汇报。女人夸他能干，可她现在和一个姐妹开了一家小店，孩子也找到学校上学了。言外之意她是不能回来了。男人决定亲自去城里把女人接回来，因为他现在已经有足够的能力养活她们娘儿俩了。女人见到男人，又是用手抚摸着男人清瘦的脸，说：“这才是我男人。可你想过没有，这么多农村人为什么都往城里跑？”男人说：“还不是想赚钱。”女人说：“也不完全是。”男人说：“那是为什么？”女人说：“因为城里有梦想。”

男人是一个人回村的，他没回家，而是去了自己的鱼池。靠着鱼池他种了一片葵花，他看着圆圆的硕大的葵花叶子和金黄的花冠，他笑了。女人喜欢葵花，每次经过葵花田，她都会停下，深情地看着葵花。婆娑起舞的葵花叶子、金黄的花冠是那样朴素和真实，这很像他的女人。

天空传来布谷鸟的叫声，一声高一声低的，很像是刚结婚的时候，他还在地里忙着，女人叫他回家吃饭。接着他看见自己走在前面，女人荷锄跟在身后，也不知那时她的梦想在哪儿，难道也在城里吗？他委屈地走在葵花田里，葵花的叶子拍打着他的脑袋，葵花粉扑簌簌地落下来，在他的脸上涂了一抹黄，这很像是女人在用手抚摸。他大喊一声，用尽全身的力量，也不知是在喊谁，还是喊给谁听。这些都不重要了，反正是他的梦想实现了，女人的梦想也实现了。

一只蝴蝶在前面飞，他跟着蝴蝶来到鱼池。蝴蝶越飞越高，等他收回目光的时候，他才发现自己落泪了。

水清无鱼

男人是一家公司管后勤的，他坚持资助家乡的一个女孩读大学。女人知道这件事以后心里很不舒服。她的意思是：你不是不能做好事，我也不怀疑你的目的，可你总不至于瞒着我吧。

两人的感情一向挺好，女人出差了，男人不论有没有事，都坚持亲自开车把她送到机场，等她回来再亲自开车把她接回来。女人说：“你单位有事只管忙，我打个车走不一样吗？”男人说：“我是你爱人，我不能跟你一起去，心里已经不是滋味了，再不去送你，你让我怎么跟自己交代啊？”女人听男人这样说，心里很温暖。可轮到男人出差，女人自然也想去送站，男人却说：“算了，你还是好好上班吧，反正我过两天就回来了。”男人对她的好总是有理由而又让她无法拒绝。她从心里感激男人，也很少过问男人的事情。

现在问题出来了，男人居然背着她在外面资助女学生。女人再看男人的时候忽然觉得他有些陌生。男人呢？依旧像过去一样该上班上班，跟没事儿人一样。女人很生气，只好跟男人说："我们是不是得谈谈了？"男人说："反正你也知道了，这个学生是我们村的，她的父亲死了，她的母亲改嫁走了，她现在跟着爷爷生活，很困难的，没人资助不行。"女人说："我又不是反对你资助她，我是说你不该瞒着我。"男人说："我就说嘛，你本来就是个通情达理的人，是不会反对我的。"女人说："我不反对，可你不能拿我当外人啊！"

男人说："没有，没有，真没有。我就是怕你知道后会胡思乱想的。"女人说："我们这都结婚几年了，难道我是什么样的人你还不知道？"男人说："这事是我欠考虑，不该瞒着你。"接下来女人告诉他，夫妻之间最高的境界是不隔心，说穿了也就是不该有什么秘密。男人觉得女人说得有道理，就亲自下厨烧了两个小菜，然后开了一瓶法国红酒和女人喝起来。

喝了两杯，女人看男人的目光充满柔情，对男人说："其实我也有秘密，在没跟你结婚以前我爱过一个男人，我们都住在一起了，临到谈婚论嫁才分手。"男人喝了一口酒，说："这算啥？我的前女友还为我堕过胎呢，这不都过去了，还提那些陈年旧事干什么！"

两人都喝多了，等酒醒以后女人依稀还记得那些酒话，问男人都谁为他堕过胎。男人说："你不也跟别人住到一起了吗？"女人说："我那是套你话呢，你也不想想，我是那种随便的女人吗？"男人说："你还真信了？我那是吹牛哪！你也不想想，我一个农村来的孩子，刚大学毕业又没钱，谁跟我啊！"但女人显然不信，认为男人肯定还有秘密瞒着自己。

她心里不高兴，再出差的时候，男人要去送她，她不让。她说："我又不是不回来了，送来送去的有什么意思？”男人说：“我跟你说的都是真话，我也不用隐瞒什么，跟你发誓我和你从来不隔心。”男人看着女人拎着行李箱出屋，很委屈地跟在后面解释。

要说男人不错，在单位人缘也好，这么些年他看她的目光依然还有热度。可自从那天喝过酒以后，女人总觉得她和男人中间隔着一层什么，她也相信男人，可又无法说服自己。

这次出差的城市，城外有一条河流，女人谈完业务没事儿便去城外看水。也说不上为什么她喜欢水。河的上游，水很清，几乎一眼能看到河底，而下游的水却有些浑浊。几个渔民正在下游捕鱼。她站在河岸上待了一会儿，凑到渔民跟前问：“为什么不去上游撒网？”渔民看着她笑了，然后说：“你没听过水清无鱼嘛！”

水清反而无鱼。这句话女人是知道的。她坐在河岸上，看着浑浊的河水，拿起手机给男人发了一张拥抱的图片，并打了一行字，告诉她返程的日期。

她还没走到出站口，远远就看到男人向她跑过来，她赶紧把行李箱递给男人。男人看着女人，一脸笑容，表现出很幸福的样子。

在回家的路上，男人说：“你走这几天我们学校曾经的校花来这里出差，我们在一起吃了饭，她走的时候我一直把她送到车站。”男人说完这句话有些忐忑不安地看着女人。

女人说：“以后这些事你不用跟我说了。”男人有些困惑，他并没看出女人不高兴，也不知女人出一趟差这是怎么了。

女人说：“我问你个问题，为什么水清无鱼呢？”

男人想了半天，没有答上来。

原　味

奶奶佝偻着身子在她的樟木箱子里翻腾半天，据说樟木箱子是她的陪嫁，建了新房后有很多旧东西都被母亲扔了，唯有这个用了六十年的箱子被保留下来。尽管母亲给奶奶的卧室打了一排吊柜，可奶奶依然坚持用她的箱子。

在箱盖和箱壁的连接处有一把黄铜锁，因年久失修，锁其实只是个摆设，而钥匙早不见了。奶奶从里面拿出一个木质文具盒，文具盒上面是干净的，但奶奶还是用手不断摩挲。半个世纪过去了，文具盒上的花纹依稀可见，奶奶双手捧着文具盒，表情平淡，像是看惯了春月秋风，人世间的物事再也引不起她的兴趣，她明明知道我在她身边看着她，可她的目光里自始至终都没有我。

我知道她又想起了她的童年好友麦花——那个和她共用一个文具盒的小女孩儿。也许我这样说不够准确，她是梦见了麦花。

“你没看见过吧？你肯定没看见过！其实呢，麦子也开花。你想想，整片麦田一片黄，铺天盖地的，把你的眼睛都遮住了，你想不哭都不行。”这是奶奶给我重复了无数次的一个画面，在她有限的审美意识里，没有比麦花更好看的花了。奶奶说完她的梦境，手里依然拿着木质文具盒来回地晃动。

麦花父亲是附近有名的木匠，会雕工绘画，做个小物件啥的就更不用说了。这个文具盒就出自他的手艺。麦花喜欢，我奶奶更喜欢。据我奶奶说，麦花开始想把这个文具盒送给奶奶，被奶奶拒绝了。这么贵重的礼物，她怎么好意思要。那时候别说文具盒，有人上学连书包都没有，只用包袱皮包。文具盒可算奢侈品了。但奶奶太喜欢这个文具盒了，她和麦花同桌，只要麦花把文具盒放在桌上，她便忍不住拿在手里看。

后来麦花的文具盒丢了，看来不只是奶奶喜欢这个文具盒，大家都喜欢。那天应该说是奶奶童年时代的高光时刻，她说：“不论你们谁拿的，只要放学前偷偷把文具盒还回来，那就不算偷。要不然我就去告诉我二叔，让他来学校破案。”所有的同学面面相觑不敢说话，因为大家都知道奶奶这个二叔是公安，专门抓小偷，很有名气。

奶奶给麦花找回了文具盒，麦花自然对奶奶十分感激，接下来她又想把文具盒送给奶奶。她说：“咱俩这么好，我本来是要送你的。现在丢了又被你找回来，如果你再不要，那我可生气了。”奶奶说：“好玩意儿谁不想要，说不要那是假的，可你把文具盒给我，你用什么？”

那时候同学们的文具大部分都用一块布或者手绢包着，用了打开，不用再包上，其实也挺方便的。奶奶没有文具盒，她的文具一直是用手绢包着的。麦花看着奶奶，说：“要不然这样，咱俩使一个文具盒，反正这个盒子大，能装。”

奶奶说：“你不知道，两人用一个文具盒也有好处，不像你们现在一人一个笔袋，自己使自己的，我们得在一起做作业，因为文具都在一个盒子里装着嘛！时间长了，我们也分不清你的笔我的笔，拿过来就使，我的也是你的，你的也是我的，我们的作业不但完成得好，关系也比以前更好了。当然也有不便的时候，麦花心粗，那天轮到她带文具盒了，她居然没来上学，我只好跟同学借了半截铅笔，将就着把课上完。我本来是要兴师问罪的，可她却把一条红丝带扎在我的辫子上，然后搂住我一个劲儿地笑。”

麦花家搬走得很突然，眼看她们小学就要毕业了。麦花忽然对奶奶说她要搬回辽宁老家，奶奶问：“能不走吗？”说完这句话，奶奶的泪水就流了出来，麦花说：“你当我愿意跟你分开？”说完她也跟奶奶一起哭。两个孩子临别时，难舍难分的。奶奶一直跟着马车送到镇上，麦花说她还会回来，两座山到不了一起，人要见面还不容易嘛！

奶奶说:“没想到这一别就是一辈子,本来说好写信,可她一封也没写，我想写又不知地址。”我问奶奶:“你怎么知道她没写？也可能她写了很多，但都没寄出。”

奶奶说：“她是怕我惦记啊，这人也真是，怎么不为人家想想？”

我说：“这不挺好嘛！你想着她，她肯定也想着你，要是你们频繁走动，有了物质关系，那就变味了。”

她像是没有听见我的话，把文具盒放在木箱里，扣上锁，然后看着春风恣意地拍打窗棂，喃喃地说：“又到清明了，该播麦了。”

不知为什么，这个故事我听了无数遍，以至于有的细节我比奶奶讲得还要好，可只有这次我入心了。

我似乎真的看到了麦花，它们一朵一朵地在我眼前飘浮晃动。

老　婶

老叔在几年前离开人世，老婶还没有改嫁的意思。母亲跟我老婶虽说是妯娌，可她们相处得亲如姐妹。母亲不想让我老婶就这样单着，现在年轻，有小天陪着不觉咋地，等老了呢？孩子出嫁了，剩她一个人怎么办？母亲纯粹是为老婶着想，苦口婆心地说了一大堆，老婶只是笑也不说话，实在被我母亲逼急了，老婶只好说："你是嫌我跟你住在一个院里不方便吗？"我母亲用手使劲地推着老婶，只好作罢。

我知道老婶不改嫁是忘不了老叔。这是老婶亲口跟我说的。她上过高中，据说当年差一分就考上大学了，她读了很多书，和老叔是同班同学。老叔在跟她恋爱的时候给她雕了一只鸟，也说不上他用的是什么木头，反正时间越长木质越光滑，而且还有一股淡淡的香味。

我也不知这是什么鸟，它的翅膀抖开了是那种飞翔的姿态。老婶闲下来总是把这只木头鸟拿出来，细心地观赏。她在跟他说话，虽然没发声，但我知道老婶肯定在跟老叔说话。从她的神态上完全可以看出，老婶通过一只假鸟在向老叔传递信息，或者是在抒情。我大致能猜想得到，老婶大意是想说：你是飞走了，可我还在树上落着，你为什么不把我一起带走呢？

小天在老婶看鸟的时候也跟着看，她终于得空把鸟从柜子里拿出来，到街上去跟那些孩子显摆。那可能是老婶第一次打小天，小天哭着喊着跑回家找我妈告状，我妈说："不就是一只鸟吗？你至于吗？"

老婶说这不是鸟的事。我妈说："不是鸟还能是啥？别心里不顺拿孩子撒气。"

我理解老婶，老叔在他心里就是一块圣地，任何人都不能触摸。她在不高兴的时候喜欢干活儿，天已经黑了她在大地里还没回来，我去找她。我帮她把猪菜塞到袋子里，她用手帮我拢了一下额前的头发，说："爱一个人只要一瞬间，可要忘一个人恐怕就得一辈子了。"

夜色茫茫，老婶在前面背着袋子，此刻我觉得她背的不是猪菜，或者袋子里装的根本不是猪菜，可究竟是什么我又说不出来。她单薄的身子在初秋的凉风里微微有些摇晃，这让我想到那些映在地上的树影，在我们的脚步声中孤单地向后退着。我扯起袋子一角想减轻她的压力，她一耸身子，说："不用，我还行！"

我不止一次地听母亲和父亲议论老婶的婚事，父亲是乡上管宣传的干事，按理说见多识广的，可也没辙。

后来还是母亲把老婶她妈搬出来了。母亲特意做了几个像样的菜。可以说气氛是想当不错的。母亲不停地给老婶她妈搛菜，而且说："也没啥好吃的，你千万别客气啊！"老婶她妈知道自己的使命，事先母亲和她肯定已经沟通好了。等吃得差不多了，这位老人家看着老婶把自己的意思说了。她说："你嫂子那是为你好，你一个人过，一年两年行，妈支持你，可你能过一辈子吗？"我老婶是真不给她妈面子。老婶说："你要是来看我行！可你要是来说这事，那你回去吧！"

我家和老婶家住在一个院里，老婶她妈饭也没吃好，连她闺女的屋都没进就走了。我妈说："你看看你，这叫啥事？"老婶说："嫂子，我知道你是为我好，可我现在真的没心思找，你能让我喘口气吗？"

那天夜里，老婶屋里的灯一直亮着，想必是她又想老叔，把那只木头雕的鸟又拿出来了。我能理解母亲让老婶出嫁的急迫心情：老婶现在年轻，长得又好看，她是想趁早给老婶寻个好人家。我把自己的理解跟老婶说了，老婶用手搂着我的脑袋，说："这些我都知道。"

这样又过了两年，村里渐渐有了闲言，说我老婶不嫁人是我父亲不让，我特别气愤，真想把这些人的牙齿都打碎了。可我母亲好像一点儿也没生气，看着父亲反而会心地笑了。

老婶这回改变了主意，在母亲的说合下嫁人了。

我已经很久没见那只木头做的鸟了。我问老婶，老婶说："你是说那只鸟儿啊，它找你老叔去了。"说完这句话，老婶很满足地笑了。

真　情

最近盲小七的粉丝量停在一个点上，再也不长了。她有些着急，又换装又排舞的，变着花样想闯关，可她依然被挡在关外。她也知道大家都猎奇，你就那么几下子，不管怎么跳怎么舞的，你还是你。因为她的舞蹈说白了也没啥规律性，全凭自己临场发挥，想到哪儿跳到哪儿。好听一点儿说，人家是审美疲劳了，寒碜一点儿说，人家是烦了。

巩爷的出现让盲小七的眼睛顿时一亮：一张清瘦的脸，两撇山羊胡子高高地撅着，尤其是他的一双眼睛，虽说已经七十多岁了，可依然很亮。当时巩爷正在镇上卖西瓜。盲小七挑了一个大个儿的西瓜，让巩爷给切开。她吃了一块西瓜，说："哎，巩爷，我想嫁你。"巩爷呵呵地笑了，然后说："好啊！正好我回家锅凉灶冷的，正缺一人。"

盲小七没想到巩爷答应得这么干脆，直到晚上她帮巩爷把西瓜摊收了，巩爷才知道她这是当真了。盲小七说："巩爷，我也不是真要跟你结婚，这你应该知道，我是想让你帮我个忙。”她说了半天巩爷才明白，原来她是想拍摄她跟上年纪人结婚的视频，然后发到网上去赚流量。巩爷说：“这不行，不行，这算怎么回事儿？让孩子们知道，该说我老不正经了。”

盲小七说：“巩爷，这是艺术，是潮流，再说了我又不白求你，我给你钱，晚上没事了我还能跟你聊天，对了，以后我给你洗衣服，做饭也行。”巩爷架不住盲小七磨来磨去的，他觉得为了满足一个孩子的愿望，也没啥大不了的。

她们的“合作”开始了。盲小七先是纠正了巩爷对自己的称呼，在录视频的时候必须叫自己盲小七，别老提她的小名。接着她在巩爷的窗户上贴了一张大红喜字，把屋里也布置妥当了。

巩爷极力地配合，并且假装一脸幸福的模样。盲小七事先给他准备了一句话，那是他把盲小七从牛车上抱下来必须说的，可他老忘，盲小七只好重录，并且又重复一遍：“能和你这么好的女孩相爱，是我人生最美的修行。”巩爷说完忍不住哈哈笑了。

结婚视频终于录完了，盲小七剪辑好了分成上中下三集，按预定时间发到了网上，说真的也有说假的也有，反正她的粉丝量一下子突破了十万。她拿着手机赶紧给巩爷看，巩爷说：“看来还真有人信啊！”

盲小七立即给巩爷五百元的酬劳，巩爷不要。巩爷说：“我就是哄你乐呵，要是收你钱那成啥事了。”盲小七说：“行，我先给你存着，等我带货赚了钱，我给你办一张卡。”巩爷只是呵呵笑也不说话。

盲小七说好帮巩爷干活儿，可她天天只顾拍视频哪有时间，倒是巩爷得伺候她了。每天早上，她起床时巩爷都把早饭准备好了，她立即让巩爷端着盘子摆好造型，她开始录视频。这样的日常生活内容反倒有很多人愿意看，这些人还在评论里调侃盲小七的“新婚生活。”

过了一段时间，她的粉丝量又停滞不前了，她觉得有些对不起巩爷，也跟巩爷到集市上去卖瓜了。她以为这样的视频没人看呢，可发到网上却出乎意外地收获了好评，她的粉丝量又往上涨了。

没人的时候，巩爷也调侃盲小七。他说：“我这给你当一回男人，你怎么地也得给我做一顿饭吧！”盲小七就笑了，晚上收摊以后，她果然下厨跟巩爷一起忙乎。巩爷说：“丫头，谢谢你这段时间陪我，你不知道，我一个人的时候连饭也懒得做，都是对付。”盲小七也很感动，她想挣钱了要好好孝敬巩爷。只是现在自己太忙了，连陪巩爷聊天的时间都没有。

她想多用些时间，凭着自己的心和巩爷在一起生活，然后再制作短视频。经过这一段时间的拍摄，她觉得只有真正接近生活的东西才能打动观众。没承想巩爷突发脑梗去世了。

他的一双儿女从城里回来给老人办理后事，盲小七也不隐瞒，把自己和巩爷的“合作”说了。他们都觉得父亲是在胡闹，也谴责盲小七利用父亲。盲小七只好把事先办的一张卡交给他们，他们才没有话说。

后来盲小七在巩爷的墓地制作了一期短视频，面对巩爷的墓碑，她泪流满面连着磕了几个头，情真意切地向观众坦白了她和巩爷假结婚的事，没想到几天时间，她的粉丝量一下突破了二十万。

这简直是天文数字。

可盲小七想到去世的巩爷，一点儿也高兴不起来了。

方　法

漂亮是清水好吃懒做的资本，她以为：我生得这么漂亮就该好好享受，干吗还要去操劳呢。她三十不到的年龄先后嫁了几个男人，都把人家的家底掏空了。大西岭是个几百户的大屯子，人们经常看见清水日上三竿了才起来，然后用手揉着眼睛，扭着水蛇一样的腰身去供销社买好吃的。

几个木匠在供销社对面干活，看见清水过来免不了议论，说她接下来不知又要去祸害谁了。胡帽儿说："我就不信，一个大男人还拾掇不下一个女人。"几个木匠都笑他不知天高地厚。

大家累了，经常拿女人互相调侃，这是常情。所以大家说过了也没当回事。直到胡帽儿娶了清水，大家才明白原来这小子是当真了。胡帽儿的木匠技术是一流的，可他人长得精瘦精瘦的，又只有一只眼睛，即便他这些年有了足够的积蓄，也没哪个女孩儿原意嫁他。

要说，胡帽儿也不完全是为了证明自己有多大的能耐，他也是看上清水了。清水呢，压根儿没瞧上胡帽儿，可她需要有男人养着。两人也没通过媒人，简单聊了两句，清水说：“我的历史你都知道，我这人除了生得好看也没啥优点，你最好有个心理准备。”

胡帽儿说：“好说好说，我既然敢娶你，早就想好了。”

结婚几个月以后，清水又开始大吃大喝，不做家务。

胡帽儿说：“清水，我娶你是让你陪我过日子，不是让你来大吃大喝的，你要再这样下去别怪我对你不客气。”

清水双手搂在胡帽儿的脖子上撒娇，也没当回事，因为之前的那几个男人都说过类似的话，说到底还不是吓唬人。

那是一个午后，胡帽儿的木匠活干完提前收工了，恰好清水要把头天剩的鱼倒掉再炖新的。

胡帽儿说：“这鱼又没坏，还能吃。”

清水说：“你没看都是鱼头嘛？要吃你吃，我不吃，说完这句话她就把鱼倒进脏水桶里。”

胡帽儿上前一把薅起清水的衣服领子，然后像木头桩子一样把她扔在炕上。清水看胡帽儿急了赶紧撒娇卖萌。胡帽儿摁住清水的屁股，脱下鞋，用鞋底连着打了几十下……

清水的屁股肿起老高，哭着说：“你还真打啊！”她没想到这个单眼男人下手会这么狠。

胡帽儿说：“我今天把话撂这儿，你懒点儿我能忍着，你馋也行！可你要是来祸害我，那你可要小心。”

清水梨花带雨地哭了个昏天黑地，胡帽儿在那抽烟也不搭理她。一连几天胡帽儿都阴着脸也不说话，只顾出去干活儿。

清水已经摸准这个单眼男人的脾气，表面看上去硬气霸道的，其实内心软着呢。趁男人高兴的时候，清水也曾柔情蜜意的，并且说要好好跟他过，给他生孩子。胡帽儿很感动，干活儿也更卖力气。

两个人的生活表面是和谐的。胡帽儿在家的时候，清水该干啥干啥，也不偷懒耍滑，看着倒是一个好媳妇。可一旦胡帽儿走了，清水立即去供销社买吃的。两人为此没少打架，清水也没少挨打。

胡帽儿是有些家底儿的，也就几年工夫被清水掏得差不多了。到该走的时候了，再这样待下去只能越陷越深。清水的想法胡帽儿心里清楚，他觉得必须想个办法。

那天胡帽儿回来得很早，手里的塑料袋拎了十几只耗子。

胡帽儿烧水给耗子褪毛，被褪了毛的十几只耗子，被胡帽儿扔到油锅里。

耗子炸熟后，胡帽儿吃着油炸耗子大口大口地喝酒。看着胡帽儿吃着油炸耗子下酒，清水不住地呕吐，瘫坐在地上整个人都崩溃了。

胡帽儿喝着酒，清水第一次看到胡帽儿喝酒时，那只单眼里露出来的凶光，是那样的可怕。

后来清水连着给胡帽儿生了俩孩子，也知道跟胡帽儿好好过日子了。村里有人曾问过清水："胡帽儿那么打你，你还跟他过？"

清水说："你们懂啥？他不打我，又咋知道疼我。"

辑五

爱

父亲在这个家庭是绝对的权威，说什么话都是一言九鼎，母亲不敢违背，高小平更不用说了。父亲说：“我看田英这丫头不错，身体好不说，还能干活儿。”父亲在说这话的时候也不看高小平。高小平知道父亲的意思。果然没几天父亲便请了媒人去田家提亲，这事就算定下来了。

在父亲和母亲聊天的时候，高小平就在跟前坐着呢。父亲说：“小平身单力薄的干活不行，将来顶门立户你得有人撑着。”高小平几次欲言又止，想说他不喜欢田英，可一看他父亲威严的眼神又把话咽回去了。

田英长得人高马大的，特壮实，女人纤秀的样子一点儿没有。结婚那天晚上入洞房以后，高小平连盖头都没掀，她等了半天只好自己把脸露了出来。高小平故意把脸背过去，也不看她。田英呢也不生气，自己睡了，不大一会儿就打起了呼噜。

家里的活儿田英都包了，总共就那么十几亩地，高小平一垄还没铲完，田英已经打一个来回了。高小平看她撅着腚在前面晃荡，心里有气，便顺着垄沟躺在苞米地里。一尺高的苞米苗正好把高小平遮住了，田英回头看不到高小平便扯起嗓子喊。高小平只好坐起来，说："我没死，你喊什么喊？"田英看着生气的高小平只好嘻嘻地笑，什么也不说。要是父亲来地里巡视，看见高小平躺着不干活，一准训他："你说我咋生你这么个儿子呢？干啥啥不行，还挑三拣四的。"这时田英肯定要接话，她说："爹你别说他，是我让他歇的，我是怕把他累坏了。"

高小平在之前本来看上了一个姑娘，那姑娘对他也有意思。回家务农以后他们一直有来往。高小平是想等过两年找机会跟父亲说，然后再去提亲。没想到让田英给搅和了。他恨田英的出现，也恨父亲的独断专行。可这一切都已经过去，他也只能面对现实。

田英自从嫁到这个家里，一直小心翼翼地在讨好他。高小平心思活络，不甘心当农民，心里不顺就拿田英说事数落她。田英要是实在忍不住了就说："我是长得丑不好看，可这也不是我的错啊！你要实在过不去这个坎儿，干脆打我一顿吧！我保证不去爹那里告状。"在高小平看来，田英这是跟他叫板，在高小平打田英的时候，田英从来不躲。

高小平和父母住得近，只一墙之隔，他这边一有什么动静，他母亲怕他欺负媳妇立马就过来，这也让高小平心烦。田英说："以后你要打我，最好等到晚上夜深人静的时候。"

有了孩子以后，高小平去城里做生意十天半月也不回家。田英一个人既要种地，还要伺候孩子、照顾老人，一天累得脚不沾地。大家都夸高家娶了一个好媳妇。高小平挣钱了只顾自己在城里挥霍，从来也不给媳妇买什么。后来，高小平和之前的那个姑娘好上了，他也不顾及田英的感受，当着面给她打电话。田英说："我见过她，长得是漂亮，难怪你这么多年没忘了她。”说完她叹了一口气，又说，“我要是长得有她一半好看就知足了。”高小平这次回家本来是想跟她提离婚的，因为那个女人已经在城里跟他偷偷住到一起了。可听了田英这样说，他心里很不是滋味。

正在高小平纠结的时候，那女人的丈夫带着几个人冲进屋里，他们不由分说要揍高小平。田英伸手抄起地上的凳子拦在丈夫面前，说：“母鸡不撅屁股，那公鸡能踩上去吗？”他们还要伸手，被田英一顿板凳抡了出去。

高小平吓得都说不出话来了，他以为这顿揍是躲不过去了，看着这群人灰溜溜地被田英赶走，他第一次对田英心生感激。田英说：“你是不是饿了？我给你做饭去！”高小平看着田英宽厚的背影，真想给自己一巴掌……

后来田英得病住院，高小平给她买了很多衣服。他觉得对不起自己的媳妇，一直守在她床前。田英说：“没事，都过去了。”

高小平说：“你是过去了，可我能过去吗？”

高小平亲自为她把新衣服穿上。田英拽着衣服下摆，说：“你现在还真把我当你媳妇了？”高小平连连点头。

田英说：“我让你说我好！”

高小平大声说：“你真好看。”

田英羞涩地笑了，然后急切地说：“不是这句。”

高小平略一沉吟，说：“我爱你！”

田英扑在高小平胸前“哇”的一声哭了……

爱情的样子

夜里八点以后，江浩明从学校图书馆出来，和几个室友去吃烧烤，路过地瓜摊时，一个室友要吃地瓜，江浩明发现卖地瓜的女孩儿有些面熟，便凑到跟前，细看才发现原来是米兰。几个室友赶紧问这个女孩儿是谁，江浩明只好说是她表妹。

几个室友一阵哄笑说：“既然她是你表妹，那她在这摆摊你怎么不知道呢？”

米兰赶紧说：“我没告诉他。”

江浩明知道米兰放不下自己，他整整复习三年才考上这所三本大学，而米兰也跟他好了三年。应该说米兰是他的精神支柱，没有米兰他是坚持不下来的。后来他要去报到了，米兰主动提出跟他分手，米兰说：“到了大学你肯定会遇到更好的，还是把我忘了吧！”

别的室友都发出了鼾声，只有江浩明还在想着他和米兰的事。得承认米兰是聪明的。其实他考上大学以后，家里都说他和米兰不合适。真不合适吗？以前怎么没觉出来，现在大伙一说，他也觉得的确有些不合适。米兰肯定明白他的心思才主动提出来的。

江浩明开始觉得有些对不起米兰，因为米兰对他的好曾一度让他感动，他自问以后恐怕是再也遇不上这样的姑娘了。他把自己的意思跟父亲说过，父亲让他以后别忘了人家。江浩明知道父亲的意思，是想让他给人家补偿。

米兰的摊位离学校不远，只隔两条街，室友们经常去米兰那里买地瓜吃。老三去的最勤，他也是农村来的，和江浩明的经历差不多，也是复读生。米兰知道老三的情况以后，只收他成本价，也不赚他钱。老三说："你这样不行，我来买地瓜是照顾你生意，你怎么反而照顾上我了？"

米兰说："你不是我表哥的同学吗？应该的。"时间一长，大家和米兰熟了，都说她不但人漂亮心也好，只是不知将来便宜哪个王八蛋。说到这里大家都笑，便把目光盯在老三身上。

其实米兰是为江浩明来的，分手以后她一直还深爱着江浩明，她知道此生他们已无可能，只想有机会多看他一眼。这种情况只能用缘分未尽来解释。江浩明发现米兰在那摆摊以后内心是矛盾的，他知道米兰的想法，也跟米兰委婉地聊过一次。米兰说："你要是不希望我在这儿，我马上走。"江浩明说："我没那么狭隘……我是心里难受，觉得对不起你。"

老三几乎每晚都去米兰那里买地瓜，这让江浩明心里很不是滋味，他问老三什么意思。老三说："你别以为我不知道你跟米兰怎么回事，还表妹呢，她难道不是冲你来的？"本来是江浩明质问老三，一下子变成了老三讨伐江浩明了。江浩明一向跟老三走得很近，只有说实话。老三说："这就对了！只是可惜米兰了。"

米兰依旧在那儿摆摊，老三要是来晚了，她就给他留一个地瓜。老三就把学校的故事讲给她听，一旦说到江浩明，米兰便会停下手里的活儿，一脸茫然，半天也回不过神来。

后来渐渐地，老三爱上米兰了，他跟江浩明说他要追米兰。江浩明盯着老三看了半天才说："我不反对你追，但也不支持你。"老三说："你这叫什么话？敢情你心里还是放不下米兰吧？"江浩明也懒得跟他解释。没过几天老三果然跟米兰表白了。米兰笑了，米兰的丹凤眼笑起来格外好看，像一汪秋水流过老三全身，这更坚定了老三追求米兰的决心。可米兰只是笑，笑过以后就把一个地瓜递给老三，示意他趁热赶紧吃。老三以为米兰是同意了，因为她的笑容里所传递的都是快乐、幸福的信息。等老三吃完一个地瓜后，米兰严肃地说这事太突然了，得容她好好想想，再给他答复。

晚上从图书馆出来，老三依旧去米兰那里买地瓜。正好那天江浩明也去了，是老三硬拉着他去的。老三说："你也不用心里难受，既然分手了，那索性什么都别想，再说人家米兰的心里现在未必有你。"米兰给两人把地瓜烤好了，看着他们吃。两人各怀心事，都低着头，谁也不说话。米兰看着天上的星星，忽然说她想家了……

米兰走了以后地瓜摊转给了一个老人，江浩明和老三晚上依然去那儿吃地瓜。

老三说："看来米兰这是故意躲你。"

江浩明说："又何尝不是躲你哪！"

说完这句话，两人看着对方都故作轻松地笑了。

融　化

一片网像大号的车轮，又像雨中撑在头顶的大伞，晃晃悠悠的先是在水面上空极为短暂地停留，然后便开始下沉，接着水面便激起无数碎银似的水花……老人的手中握着网纲，脸上带着满足的笑容，而小船顺水漂流，直到渔网被收上船舱，小船依然在河面上缓缓地飘着。

这是黑龙江流域的小江汊子，水不深、流儿不急，鱼也不少。按常理，在江面上打这种悬网需要两人操作，一人划船一人撇网。撇网的时候撑船人便把船篙插在水里，让船定在水面上。可老人就自己，只好在撇网的时候，任由小船在水上漂流，通常情况下，打一网不管有没有鱼，都很难在原地打第二网。

通常一网下去总是有收获的，够大的鱼被老人捡到舱里，不够大的被老人双手捧着放进水中。老人的脸上始终带着笑，在完成收网、捡鱼、放鱼的一系列动作中，他的表情没一丁点儿的变化，即便是遇到空网，他也只是笑。好像自从他驾着小船来到江面上，他的表情模式就被固定了。

老人的船很小，小到只能容下一人一网，还有一个盛鱼的小舱。至于浮出水面的船体，油漆早已脱落，斑斑驳驳的根本辨不出颜色，只有船篙的长度还够，不用的时候放在船上，两头出稍儿。

小男孩儿显然是个流浪儿，他是什么时候来到江汉子的，老人没在意，但从他执着的神态看，他显然已经在岸上站了许久了。

夏季风吹拂着小男孩儿油脂麻花的衣角，和一绺一绺飞扬的头发，他一动不动地站在江汉子跟前，眨动着星光一样明亮的眼睛看着老人往河里撒网。

渔网张开来，在江面上划着好看的弧度，悠然地撒落下去，水花在阳光的映射下宛如一颗颗金星跳起、沉落，小男孩儿忽然呵呵地笑起来。

老人把网收好，操起木篙让船靠岸，然后拎着鱼篓向窝棚走去。

这是老人的临时住所，他想休息一下，吃点儿东西，可他刚进屋里，还没等他把吃的拿出来，小男孩儿已经尾随着来到门外。

窝棚的门敞开着，小男孩儿毫不畏惧地看着老人。老人把一块蒸饼子从锅里拿出来，向小男孩儿招手。

小男孩儿依然站在门外，没有进屋。

老人走到小男孩儿面前，把蒸饼子塞到小男孩儿手里，小男孩儿看一眼老人什么也没说，便狼吞虎咽地吃起来。

从这以后，老人发现小男孩儿每天都到江汉子来看他打鱼。如果赶上中午老人饿了吃东西，他便会给小男孩儿一块蒸饼子，如果头天晚上炖的小杂鱼还有剩余，老人就把鱼酱抹在蒸饼子上面。

老人喜欢看小男孩儿的吃相——有点儿饥不择食，有点儿像饿了几天的猫儿忽然钻进碗橱，那种娇憨之态、狼狈之相让人十分怜爱；而小男孩儿喜欢看老人在江面上撒网，尤其喜欢看老人撒网捕鱼时知足常乐的笑容。

又过了一段日子，小男孩儿居然不走了，和老人住在了窝棚里。那天晚上老人特意熬了半锅杂鱼酱，让小男孩儿可劲儿吃个够。

第二天，小男孩儿非要跟老人下江打鱼，他想帮老人撑船，可是木篙太长了，也有点儿超重，小男孩儿根本握不住。

老人一边撒着网，一边看着小男孩儿笑。小男孩儿一边看着老人，一边看着散落在江面的渔网，也跟着笑。

后来天气渐渐转凉了，老人对小男孩儿说："你要真想跟我一起，就得听我的话。"

小男孩儿点点头答应了。

但小男孩儿只在学校读了半天的书，便跑了回来，小男孩儿说他一刻也离不开老人。

老人把小男孩儿叫到船上，趁小男孩儿不备，用木篙一下子把他推到江里。小男孩儿不会水，肚子被江水灌得满满的，才被老人拖到船上。

小男孩儿很害怕，他做梦也没想到老人这么狠。

老人沉着脸第一次没有笑。小男孩儿知道自己错了，他想哄老人高兴，便在窝棚外面熬了一锅杂鱼汤。

这时天已经黑了，天上的星星亲密地拥挤着，很亮也很温馨，江面上晚归的渔舟点起了渔火，窝棚前的铁锅咕嘟咕嘟地响着，伴随着老人的咳嗽声多少有些隐秘和寂寥……

小男孩儿看一眼坐在门前的老人，掀开锅盖，几颗星星便落在锅里。小男孩儿用勺子搅着锅里的鱼，亮亮的星光便随着勺子转动。

小男孩儿赶紧喊老人。

老人来到铁锅前看，终于呵呵地笑了。

第二天，小男孩儿重新去学校读书了。

平凡日子

村外南岗子有三十亩地，地里种的是苞米。男人的身子半隐在苞米地里，别人只能看见他的上半截身子在动，酥白的叫天子在他头顶一个劲儿地叫，而云朵也似乎长在了天上，一动不动。

他铆足劲儿一气锄到地头，他闺女田田的小房子已经盖完。那个叫大龙的小小子正在听闺女训话。她说："你只要把外边的活儿干好了，家里有我呢。"大龙看着田田连连点头，看得出这个小男人很听媳妇的话。这立马让男人想到了自己的女人，田田说的这番话正是女人跟他说过的。

男人侍弄三十亩地闲暇时间多，特别是到了挂锄季节和猫冬的时候，别人家的男人都去镇上或者更远一点儿的地方打工挣外快，他哪儿也不去，只待在家里。他觉得这样挺好，有吃有穿的啥也不缺，该干的活儿也干了，还能守着自己的女人和孩子。

女人自己侍弄一个菜园子，从栽苗到施肥、浇水，再到锄草，把菜运到镇上卖掉，这个过程是很漫长的。家里养了两头猪，也得定期出去薅猪菜，还得洗衣、做饭，她基本是天还不亮就起来了，而天黑了很久也不见歇息。他觉得这些都是零星的小活，她一个女人完全应付得了，更主要的是他一个男人也干不惯这些活，再说他也懒得干。

男人拄着锄想到自己的女人,似乎从女人身上看到闺女田田的未来。不知为什么他心里有些酸楚。他抽了一根烟，坐在地上想了一会儿，觉得农村人的生活大概也只能是这个样子，他爷爷是这样过来的，他爹是这样过来的，轮到他了也不会有什么改变。晚上收工的时候，女人已经把饭做好了，他吃一碗女人盛一碗，他吃得快，等他吃完了，女人的饭还没扒拉几口。这时有人招呼他去玩牌，他就着急忙慌地走了。

月色特别明亮，他回来的时候女人正在洗衣服，他坐在女人对面抽烟。女人拧着衣服，说："回屋睡吧，我也要干完了。"两人躺在炕上，他本来想和女人亲热一下，可女人头一挨枕头立马扯起了鼾声，根本没给他机会。

男人把锄杠垫在屁股底下，看着闺女田田新盖的小房子不住地笑。说是房子，其实就是把一绺一绺的青蒿摞在一起，摞成一个四方形，然后两人坐在房子中间过家家玩儿。但大龙在房子里的时间不是很长，他是男人，必须到田里干活儿。大龙的脑袋跟田田比起来有些迟钝，他经常躺在小房子里赖着不走，田田便往外推他。男人觉得挺有意思，想起小时候他也这么玩过，接下来他便想起那些跟他玩儿过家家的小闺女现在都嫁人了,他有些惆怅,觉得时间过得真是太快了,好像一闭眼再睁开,这一切都似曾相识，可也面目全非了。

田田每天都跟男人到大地里玩儿过家家,小房子上的青蒿越摞越高,打老远就能闻到一股青蒿味儿扑鼻而来。男人休息的时候也到小房子跟前坐坐，抽根烟，看两个孩子玩儿。

都是因为那场旋风，要不然他们的小房子也不会被毁。在旋风到来之前，田田正在给她的男人准备午饭，黑色的旋风扯天连地很快把太阳都遮住了。田田没命地喊着大龙，可大龙却吓得跑出了几百米，尽管田田用身子想护住他们的小房子，但小房子还是被旋风刮走了。

男人赶紧跑到地头安慰闺女，田田伤心地一个劲儿哭，这时大龙凑到田田跟前想给她擦泪，田田一把推开大龙的手，说："刚才旋风来了，你跑啥？我不跟你玩了！"大龙辩解说："我不是在外边干活吗？"田田说："你干活，谁闲着了？我又是做饭又是喂猪，还得给你洗衣服，哪样比你少干了？"

男人第一次提前收工，给菜园子浇了一遍水。女人卖菜回来，看男人在园子里干活很意外，说："干了一天活，也不嫌累。"

男人说："你天天干，不也没嫌累吗？"女人忽然觉得委屈，就用手去抹眼睛。

反　哺

村子后面不远是一座大山余脉，它给人的感觉像是大树伸出的枝丫，可有可无的。因为它矮得不能再矮了，又是狭长的一排，跟一条土岗似的，所以村里人都习惯叫它后小山。

不管山有多大，既然是山那一定有鸟。一到春天小草萌芽，仿佛一夜之间村里的鸟多了起来，也许是它们嫌小山太小了，也许是不甘寂寞，我觉得似乎还有一种可能：那是它们在向村里人报道呢。有很多鸟我都叫不上名字，但要说声音，顶数画眉和云雀叫得好听，这是公认的评价，可我却觉得它们的声音纤细、油腻、太媚了，好像是在故意取悦世人。反正我不喜欢。

在一节作文课上要写鸟，老师问什么鸟叫最好听，我几乎是不假思索地回答：“是猫头鹰。”同学们都笑了，老师没笑，而是看了我半天才说：“你能说说为什么吗？”我说：“我也不知道，反正我喜欢。”老师好像很失望地看着我，也不知是对我失望还是对我的回答失望。

这事儿发生以后，同学们在背后都偷偷地叫我猫头鹰。我也懒得去搭理他们。可后来不知怎么我爹知道了，让我解释。我说：“嘴是他们自己的，我也管不了，爱叫就叫呗，我又没少一根毛。”我爹对我的回答显然很生气，他的意思是小孩瞎胡闹有个外号也行，但你叫啥也不能叫这个呀！

猫头鹰是村里人公认的凶鸟，这太不吉利了。就在去年夏天它落在胡大龙家的屋顶上，没两天她奶奶就死了。我爹说：“这事儿你又不是不知道！”我说：“我知道，我当然知道。猫头鹰落在他家屋顶上还是我最先看到的呢。”那时我小学还没毕业，知道自己有理，可又说不出来，最后还是让我爹踢了两脚。

大白天是很难见到猫头鹰的，它都是在夜里活动，在漆黑的夜色下你也只能听见它凄厉的叫声，却看不到它的影子。它也许是知道人类不喜欢它，而故意躲避。如果猫头鹰在不该进村的时候进村了，那一定有很多孩子拿着砖头瓦块在后面追赶。我曾有幸见过一个猎人打猫头鹰。随着一声枪响，灰褐色的羽毛纷纷扬扬地从空中散落，一帮孩子欢呼着给猎人鼓掌，好像他击落的不是一只鸟，而是一架三叉戟飞机。

猫头鹰被猎人埋在村外的沟子里。眼看他用刀子把湿土掘开了再盖上，又狠实地踩了两脚才悻悻地离去。好像他跟这只鸟真有什么深仇大恨似的。我不明白同样是鸟，它为什么是凶鸟？难道它的叫声真的能给人带来噩运？

也许我喜欢猫头鹰是源于对它的同情。我发现这只猫头鹰的时候，夕阳还没落呢，半天的彩霞好像把整个世界都染红了，后小山安静地似乎睡着了。当时也不知我为什么要到后小山来，也许是我许久没来也该来了，也许是我闲极无聊没地方去了，再也许是缘分。

这是一只受伤的猫头鹰。它静静地趴在一棵树下，眼看我要走到它跟前的时候，它忽然大叫一声。事后我想它肯定意识到危险了，以为我是奔它去的。其实它如果不叫，我未必能看得见。我蹲在树下得以近距离地观察，它的脑袋跟猫是一样的，眼珠儿也是黄的，目光很亮也很警惕，好像随时都在防范来自人类的威胁。我想把它拿在手里，看看它究竟伤在哪里，它扇动着翅膀又叫了一声，我这才发现它的翅膀根儿有血，看样子好像是被枪打的。

我们这些孩子在野外如果手啊脚啊出血了，最好的办法是在伤口处揉土面。看来我也只能用这个法子了。猫头鹰很安静，在我给它救治的过程中一声也没叫。

我怕别人伤害它，只好把它放在了牧马人住过的空房子里，直到它的伤养好了，才把它放出来。

那大概是春天的一个夜里，我睡得正沉，被一阵猫头鹰的叫声吵醒了，我赶紧去叫我爹……

我爹要是再晚出去一会儿，那两头猪崽恐怕一个也剩不下，都得被狼叼走了。

事后我爹问我究竟听没听到猫头鹰叫，我说："听到了，就不知是不是在梦里。"

我爹不再说话，但看我的目光却明显温柔起来。

有趣的姥爷

姥爷来的时候一般都在冬天，大雪封山也没啥活儿，可他又闲不住，便想着到闺女家走走。母亲是老大，一直在社办工厂，二十五岁才结婚，对家可以说贡献最大。姥爷特别惦记母亲，到我家来待的时间也最长。

一到冬天，村里小学还没放寒假，我就想着姥爷也该来了。因为姥爷来了，母亲该做好吃的了。姥爷住在南荒的一个村子里，他们那里两面环山，鸟多，就连晚上也能听见鸟叫，不像我们这里，要山没山要水没水的。我曾暗地里抱怨我妈不该嫁到这里来。

百十里路得换两次车，或扛一袋面，或拎一桶油，姥爷从不空手。为此，母亲曾严厉地告诫他不要拿东西。可姥爷不听，该拿啥拿啥，他说："你以为我这是给你拿的？"说着话他眼睛却看向我，母亲也只有苦笑。

那年冬天姥爷来得有些晚，我眼看母亲喂的鸡欢蹦乱跳，被馋得直流口水，心说：姥爷，你怎么还不来啊？

学校已经放假，我天天到村口，终于把姥爷等来了。母亲又是杀鸡又是烙饼的，我看着姥爷光顾笑，竟然把父亲布置的毛笔作业忘了。结果我挨了父亲一巴掌，姥爷不干了，把父亲好一顿训。他说：“你这明显是冲我来的！怎么你早不管孩子晚不管孩子，偏偏我来你管上了？”尽管父亲一个劲儿解释、道歉，姥爷依然不依不饶的。母亲看姥爷没完了，只好说：“打他也应该，谁让他不写作业了！”姥爷一看母亲居然也站在父亲一边，气得拉着我的手向外边走去，回头对我母亲说：“不用找我们，我带外孙去他舅妈的娘家喝酒去。”

母亲过来想拦住，被姥爷挥手挡住了。

我和姥爷走到草甸子。姥爷说：“走，咱们去小城子串门！”

我舅妈的娘家在小城子我是知道的，姥爷也曾念叨过要到那里走走，照他的意思亲戚得常走动，要不该生疏了。天空懒洋洋地飘着清雪，天气格外冷，我跟在姥爷的后边不断问还有多远，姥爷说快了。走了一会儿再问还是快了。我真有些后悔跟他出来，可不跟他出来又怕父亲收拾我。

舅妈的娘家生活并不好：三间土坯房东西屋，中间是灶房，靠北墙摞着几捆苞米秸柴火。我舅妈的父母见我姥爷来了都很高兴，赶紧把我姥爷让到炕头。眼见舅妈的弟弟端着一个白瓷盆子出屋，我也跟了出去。后来做饭的时候我才知道他这是去借面，只听他跟母亲说借了半条街才借到三斤面。

此时我姥爷正在和他的亲家聊天，两个老农民种了一辈子地，聊的自然是农事。看得出他们都很高兴。只听舅妈的父亲说：“亲家，你这初次到家可得多待两天。”姥爷说：“那是，我早就寻思到你这儿走走，也没腾出时间。”

要吃晚饭了，我赶紧趁姥爷出来上厕所时把他们家的情况告诉姥爷。姥爷叹息一声，说：“看来我们不该来啊！”

只有舅妈的父亲陪着我和姥爷吃。姥爷吃得很慢，吃了一碗就撂下了，我看了一眼盛面片的盆子也只好撂下。舅妈的父亲说：“亲家，你初次来可别装假！”

姥爷说：“不会不会，我饭量轻。”

吃完饭，两个老人继续闲聊。舅妈的父亲说：“你来得匆忙，今晚我也没预备酒，等明个早上咱俩得好好喝喝。”姥爷说：“我不喝酒。”舅妈的父亲说：“听我闺女说你不是能喝两口吗？”姥爷说：“那是前几年，现在不行了。”我坐在姥爷身后，看着他在火盆里拿烙铁把烟袋点着了，然后轻轻地咳嗽一声，说，“亲家，我是想……”舅妈的父亲说：“亲家，你到这儿啥也别想，我家条件不如你家，可粗茶淡饭还是有的。”其实姥爷要表达的意思我懂，他要走，可他刚答应人家要在这儿待两天，怎么吃完一顿饭反悔了？这不明显不满意人家的招待嘛！

转天早上饭也吃完了，姥爷装了一袋烟吸了起来。舅妈的父亲看着姥爷，说：“你也不喝酒，我心里怎么不踏实呢？”姥爷说：“咱是亲戚，只要心到了，喝不喝都一样。你要是觉得过意不去，等转天你到我那里，我也不给你装酒。”舅妈的父亲说：“那可不行，我不喝酒，去你那儿干啥？”

姥爷聊着，拿眼睛不断地向我示意，按照我们俩的约定，我知道该到我说话的时候了。我说：“姥爷我脑袋疼。”我姥爷赶紧假装着急地看着我，然后用手摸着我的脑袋，说：“这可怎么办？”我说：“姥爷，咱回家吧！”舅妈的父亲说：“肯定是屋子凉昨晚冻着了，赶紧让他舅去卫生所买镇痛片。”姥爷说：“这孩子有头疼病，镇痛片不管用，我们得赶紧回去。”舅妈的父亲说：“你看这好不容易来的，炕还没坐热，怎么能说走就走呢？”姥爷说：“亲家，这隔着又不远，等下次我看姑娘顺便再来看你。”

恩　情

我背着背包，都是随身的简单行装。在漫天薄雾里，出村不远是一片树林，还没见着树，我隐约已经听到鸟鸣。我下意识回手托了一下背包，这时看到一个人影的轮廓挺在眼前，到跟前才发现是金爷。我赶紧停下脚步给金爷问好，金爷说："看你这意思是想溜走啊？"他也不等我回答，照我脑袋就是一巴掌。

这时雾已经散了，村庄也露出来了，几只山羊围着我和金爷不停地叫着。我本来是想躲着金爷故意绕到西村口，谁想反而被他堵个正着。他说："你小子又不欠我的，也不用躲我。如果你觉得这样一走能对得起你娘，那你就走吧！"说完这句话，金爷从兜里掏出一个布包放在地上，然后赶着羊群走了。

我知道那里面放的一定是钱，我赶紧去追金爷，想把钱还给他，金爷转身把钱揣在我兜里，看着我，说："你小子要真是爷们儿，那就一定要考上！”

其实我也想考，可母亲已经去世，我住在姐姐家，她本来够艰难的，我又怎么忍心花她的钱？落榜以后我已经明确和姐姐说过，我要出去打工。姐姐哭了，姐姐的意思是她没能帮到我心里有愧，这让我更不好受。

母亲去世以后，金爷只要看见我总是很关心的样子，他说我母亲太不容易了。他从来不正面去鼓励我，可那眼神里却充满了对我的期待，这也是我不敢和他碰面的原因……

以前觉得只有考上大学才是对母亲最大的回报，现在又多了一个金爷。复读以后我的心情是异常沉重的，对别人而言是否考上大学也许只是人生的一段经历，似乎没那么重要，他们都有归途；而我不是，我只有来路。我必须实现我母亲和金爷的愿望。

一年以后，当我拿到大学录取通知书的时候，我哭了。第一时间我就去找金爷。金爷说让我先去坟地告诉我的母亲。那天是我最开心的日子。我终于没让我的亲人失望。

临到入学的那天，金爷赶着他的羊群一直把我送到村口，他什么也没说。看着村庄上空飘起的袅袅炊烟。我觉得一村子人好像都在跟我说话，嘱咐我啥的。我禁不住眼窝潮湿，只想哭。

我要回报金爷，我觉得他对我好和我母亲对我好都是不求回报，及至我大学毕业有了自己的公司，我想把他接到城里跟我一起生活。金爷不干。我只好给他办一张卡，按时往卡上给他打钱。金爷开始不要，我说：“你要想让村里人说我忘恩负义，你就不要。”金爷没话说了。

那段时间是我人生的高光时刻，公司的项目好、客源也稳定，所以每天吃吃喝喝的应酬很多，反而在公司的时间倒少了。

金爷虽然不在我身边，但对我的情况好像很了解。在我回村的时候，他特意下厨做了两个小菜，我明白他是想和我好好聊聊。可终因公司有急事没有聊成。后来金爷去世了，因为经营不善我公司的资金链也断了。

在金爷的墓地，我待了一晚上，觉得对不起金爷，想好好陪陪他。但身边是清风、头顶是明月，我也只能自说自话聊以自慰罢了。村主任来了，他说就知道我没走。我说：“是我对不起金爷，我想跟金爷说几句话，好好陪金爷一会儿。”村主任说：“你也不用自责，像你们这些公司大老板，那时间多金贵啊！每一分钟都是钱。”我说：“狗屁！我少参加一个饭局就会省下几个小时，有什么话说不完？”村主任沉默了一会儿，说：“其实金爷一点也没怪你，他临走的时候还念叨，说你有段时间没回了，也不知你现在怎么样了。”我说：“我能怎么样？我就是有俩钱膨胀了，不知天高地厚。”接下来我把公司的现状和村主任说了。村主任从怀里掏出一张卡，递给我说：“这是金爷临走的时候留给你的，说你能用得着。”

金爷好像什么都知道，这些年我打给他的钱，他一分没动。他应该料到我会有今天。我站在金爷的墓地一句话也说不出来。

后来我的公司又走向正轨，我以金爷的名义向村里捐了一笔钱，这笔钱用于建学校，我想这应该也是金爷的意思。

三　叔

研究生毕业后，在外经商几年，均以失败告终。

回到家乡，我见过自己的父亲，简单地汇报了一下这几年在外闯荡的失败经历。我说得轻描淡写，言外之意是一个商人要想成功，失败是必经之路。父亲很理解地看着我点点头，然后说：“要说做买卖，那还得是你三叔。”

看来我还得去三叔的公司，大学毕业那年父亲说过，我要想经商在外边干点啥，还不如回来跟三叔干呢。他那么大本事，我一年学一样，几年下来，还有啥学不会的？在父亲眼里，三叔就是神，他一个农村人先是到县城然后到省城，硬是白手起家靠自己开了几家公司，要说三叔也够牛了，他只有小学文化，勉强能看个报纸啥的，遇上大人物连话也说不囫囵。说真话我是有些瞧不上三叔的，让我一个具有研究生学历的人给他打工，我觉得自己这小二十年的书算是白念了。可现实就是这样，以我目前的处境，我颠来倒去地想了一轮，除了这里似乎也没有更好的去处。

都说三叔现在身价几个亿，可他还在租房子办公。我去见三叔，他正在看一份合同，见我来了用手示意我先坐下。我等了半天他才把合同撂下，看着我说："你爸都跟我说了，你既然想到我这儿干，那就得守我这儿的规矩。"我说："没问题，在家你是我三叔，在单位你是老总嘛，这个我拎得清。"三叔说："一会儿你到销售部去，先从业务员做起吧！"我以为自己听错了，又求证一下，三叔说："你没听错，你爸没跟你说吗？我不能因为你是我侄儿，你又读了研究生，我就破例用你，这样别人会说闲话的。"

我以为三叔即便不重用我，再不济也得给我安排个部门经理，没想到只是一个普通的销售员。等我到了销售部才知道像我这样学历的人不止我一个，他们都很佩服三叔，说他之所以能把公司开那么大，说明他这人肯定有超乎常人的智慧。

我以前干过销售，现在重操旧业好像是走回头路一样，心里很不是滋味。但我还是用心去干，业绩说不上太好，但总算说得过去。

三叔的几家公司什么都做，但主打产品是轻工家电，我曾不止一次向三叔建言要开拓市场，别总把眼光放在国内，必须要有前沿理念。三叔看着我不说行也不说不行，只是淡淡地笑，那意思是我现在是销售，他看的是销售业绩，不是公司的战略发展。

眼看我到公司一年了，依然窝在销售部。我都想好了要离开公司，三叔却把我叫到他的办公室，说要提我做总经理助理。这的确出乎我的意料，我赶紧谢过三叔。三叔说："你是想一直跟着我干还是将来自己开公司？如果你想跟着我干，那明天就上任吧；如果你想自己开公司，那最好还是留在销售部吧。”我不想欺骗三叔，只好跟他说了实话：自己想开一家公司。三叔说：“这样吧！你先跟我到各处走走，你爸让你来学徒，我总得给你爸一个交代。”

三叔很少在公司总部待着，一年得有大半年的时间去下面公司。慢慢地，我发现在订货会上双方本来已经议定价格，但临了在签约的时候，三叔还是会为对方让出一个点。大家都念着他的好，说跟这样的人做生意心里踏实。往近了看三叔是略有损失，可往远看三叔却俘获了人心，这也许才是经商之道。

又过了一年，三叔对我很满意，忽然让我一个人去邻国开辟市场，看来他一直记着我当初的建言。当时我国的同类产品已经进驻邻国。我用三叔的办法让利签单，渐渐得到了几家大用户的认可，他们先后和其他供货方终止合作，而选择了我。我把这个消息第一时间告诉三叔。三叔自然很高兴。

公司的产品在邻国的知名度越来越大，用户也越来越多。那天晚上我和三叔喝了很多酒。我说：“看来商道即是人道，要想把生意做好首先得学会做人。”三叔端着酒杯笑了。他很少和我说类似的话，这些道理都是我在经商的实战中慢慢悟出来的。

三叔说：“你比我强，以后就看你的了。”

看着三叔赞许的目光，我知道自己该离开他的公司了。

哑　女

从城里到我任教的小学要经过一个村子，当时杏花正红，应该是农村最美的时节。可我的心情并不好。因为我毕业之后是想留在城里的，所以在工作上只是应付了事，并不用心。

这个村子有四五条街道，各家门前的小院里几乎无一例外都有杏树。每当我骑车经过中心街道的时候，哑女总是站在她家小院跟前看着我，她经常穿着一件深蓝色的衣服，领口开得很小，隐约可见她细长的脖颈。她在看我的时候极其用心，目光随着我的车移动。等我骑出去很远了，回过头来看她还在那儿站着呢。开始我并不知道她是哑女，等我知道了，再经过她面前的时候，我会故意把车速放慢让她看。我也看她，等我看她的时候她明显有些不好意思，羞涩地把头低下。

她的五官很精致，鼻子高高隆起，正是我喜欢的类型。我在想她要不是哑女该有多好。她也知道我对她的好感，有时候她会向我摆手，示意我停下，然后把从小院里摘的黄瓜或者西红柿送给我。我如果不要，她就很焦急的样子，一个劲儿用手比画，直到我接过她的礼物她才停止比画。后来我们很熟了，我要是不赶时间总会停下来，也学着她比画跟她说几句话，或者干脆把我的课本拿出来。在那一刻她的眼睛里闪着光，而且她用手不停地在衣服上擦拭，然后才接过课本。我忽然明白她为什么每天要在这里等我，她对课本的兴趣显然超过对我的兴趣。她不识字也不明白课本里写的是什么，可她一页一页小心翼翼地翻着课本，这让我十分感动。我用手比画着告诉她我可以教她认字。她立刻把书本贴在自己脸上，神情特别陶醉。

我又不是聋哑学校的老师，要想教一个哑女识字谈何容易。开始的一段日子，我只好画图，用图解的方式去教她，这太难了也太费时间了。后来我也烦了，只好给她找了几本过期的《大众电影》糊弄她。她如获至宝，把几本《大众电影》都翻烂了。

那段时间我忙着往城里办调动手续，连续几天没去上班。等我回到学校，一个老师给我一个布包，说是某某村哑女送来的。我接过布包打开一看，里面的杏都烂了。可我还是挑了几个吃了，我是觉得有些对不起哑女。我把自己的意思跟一个同事说了，他问："你不会是爱上她了吧？"我真想给他一巴掌。难道异性之间除了爱情就不能有别的感情吗？

又过了一个月等我再见哑女的时候，她已经订婚了。她很羞涩地把这个消息告诉我，并且说了她结婚的日子。我知道她这是想让我参加她的婚礼，我也答应了。可临到她结婚的时候我却把这事忘了。

喜糖是哑女托学生捎到学校的。看着哑女送来的喜糖，我心里很不舒服，我觉得自己辜负了哑女对我的真情。不用说她送我那么些好吃的水果，但凭她每天哨兵一样地站在街上等我，我也该去参加她的婚礼。

我是想当面向她道歉，请求她原谅，可一想到我们之间的关系，我又怕被人说闲话。

时间过得相当快，等我再经过她的村子路过她家门前，她挺着肚子站在那里，显然是在等我，看我过来她赶紧走到我面前用手指着她的肚子，那意思是她已经怀孕了。我立即跳下车子用手比画着告诉她，把她的结婚日期忘了，所以没能参加她的婚礼。她用哑语告诉我，我是老师那么忙，她压根也没希望我能到场。

我们又聊了一会儿，哑女告诉我她男人对她很好，并且让我到她家里坐一会儿，我也没多想跟着哑女进了屋。她手忙脚乱地给我冲了一碗红糖水让我喝，这应该是这个家庭招待客人的最高规格了。正在这时她男人回来了，他警惕地看着我，哑女连忙用手语告诉他我的身份，男人显然有些不信，看我的目光也充满敌意，我赶紧告辞出来。

后来哑女因为难产走了，我听到这个消息已经调回城里，但我还是骑着车子去了哑女的村子。她的男人看见我来了，从屋里拿出一个布包，说是哑女留给我的。我打开一看，里面是几本《大众电影》，她在上面还写了一句话：谢谢老师教我识字。

这可能是哑女留在人世唯一的文字，我感到一阵心痛，感觉像是有针在刺我。

良苦用心

金库又喝醉了，屋里乱七八糟的，桌子上放着几个空酒瓶子，金库搂着酒瓶子。一个好看的女人正在对着他媚笑。他顺手甩出一把票子，然后就回到现实了。他已经一天没吃饭了，看着柜子上放着的残羹剩饭，对他的前妻文惠又加深了恨意。心想：不管怎么说，从前我也是当过老板挣过大钱的，那时你怎么不给我吃这个？这女人看来就是喂不熟的狼，不管你对她千好万好，可一旦你落魄了，那就一个好也没了。

金库依稀记得饭是儿子送来的，儿子好像还说过一句这饭是他娘俩吃剩的，他不吃也得喂猪。金库下床把碗拿起来，真想把它摔在地上。但情绪是解决不了现实问题的，他只有满心屈辱地含着泪拿起筷子。

对于他的失败，前妻文惠好像有先见之明，她说："你心太浮了、太急于求成了，咱就这么大劲儿，你非得要去撬地球，那不是找死吗？"这话如果是以前他能接受，全当她是在调侃自己，可现在他是一个失败者。

他觉得这话听起来格外刺耳，文惠这不明显在嘲讽自己嘛！他实在控制不住了便打了文惠。然后也不管文惠的反应，喝上酒了。

他们是从农村到城里的第一批创业者，挣钱了当上了老板，他把家搬到城里，现在公司破产了，他又把家搬回农村了。所以村里人难免对他们冷嘲热讽的。文惠对此只是笑也不多说，好像一切本该如此。她又像从前一样开始扣大棚种蔬菜，起早贪黑的没一句怨言。金库不行，金库依然沉浸在城市的生活里，不论文惠多忙他只顾喝酒，从来也不帮忙。文惠开始以为他这是在跟自己较劲，抹不开面子，可半年过去了，什么面子都该被时光抹没了。她觉得不能再这样下去了，向金库提出离婚。金库仗着酒精作用答应得很干脆。

两人离了以后，儿子跟文惠，一家人变成两家人。他们的住所相隔不远，在自家屋里，金库经常看见文惠忙进忙出的，从她的神色上看她一点儿也不像一个刚离婚的女人，金库心里不免很不是滋味，觉得都是自己自作多情，看来这个女人压根心里没他。

他没了事业也没了女人，只有整日借酒浇愁、晨昏颠倒地混日子。文惠呢倒是没忘记他，经常把吃剩的东西让儿子给他送过去。他知道文惠这是在羞辱自己，也恨文惠不念往日的夫妻之情。但在看到儿子的时候，他又觉得这样也挺好，不管怎么说，她毕竟对儿子很好。

也曾有过那么一段日子，他想把酒戒了，和文惠复婚，像当初一样好好过日子。他把自己的想法跟儿子说了，想让儿子把这话递给他母亲。儿子说："我妈说你的心根本不在这上面。"金库只好自己去问文惠，说他想回到过去，他们在一起种菜，然后到城里一起卖菜。文惠说："你个男人跟我卖菜有什么出息？再说，以你的心性，你甘心一辈子窝在农村吗？"金库没话了，他觉得文惠说得对，他必须重新出去创业。和文惠聊完以后，他着实兴奋了一阵子。可回头一想又觉得困难重重，现在是要资源没资源，要人脉没人脉，项目更不用说了。他现在等于是零，无论在城市还是农村，他都没有任何价值。

金库觉得文惠这是在变相地羞辱他，儿子在给他送饭的时候，他把自己的想法跟儿子说，儿子说：“我妈一点儿没说错，一个男人连雄心都没了，那就什么都没了。”

金库一宿没睡着。此时月色把大地照得一片通明，文惠的院里居然响起敲打声，他凑过去趴在墙头上一看，文惠正在往一口剥皮棺材上涂漆。金库问：“你这是干啥？”文惠说：“反正现在大棚里没活儿，我在想咱村里这么大，要是万一谁想不开，留着给他们应个急吧！”

金库越想越气，文惠的每句话好像都是说给他听的。一瓶酒下肚，文惠的院里居然响起了她跟儿子的歌声。金库愁肠百结，觉得人世再无牵念。可当他跳到河里时，他又觉得这样太便宜这个女人了，难不成她打一口棺材自己就得去死……

十年，整整十年，他一次也没回村，切断了和家乡的一切联系。现在他又做回了年入百万的公司老板。这时他想到了前妻对他的羞辱和那口棺材，他不知此时她该如何面对自己。

儿子看他回来，淡漠地说：“你现在是成功了，可我妈已经去世了。他和你离婚，没日没夜地干活儿攒钱，累得浑身是病，只想让你东山再起……”到这时他才知道当初离家那笔钱是文惠假托别人借给自己的。

金库看着儿子愤怒的眼神，已是满脸泪水。

公　平

老二在宅基地挖出一坛子大洋，整整八百块。这可是一笔不小的财富。

他想起去年到省城干活经过一个收旧货的摊子，据那个摊主说：“现在的大洋价格很高，在内地要五百块，到香港还不止这个数呢！”这让老二很是羡慕，可他一个乡下人也没见过那些玩意儿啊！

老二把大洋收好，一再嘱咐现场的帮工不要告诉别人，为了封他们的嘴，老二还给他们每人发了两盒好烟。他一宿没睡，翻来覆去眼前总是大洋。他已经试过几次，对着大洋吹一口气，然后放在耳朵上去听，果然听到了嗡嗡的金属声。

他思谋着先买辆半截子车，然后再到城里买一套房子，剩下的就先存着，没准以后的价格会更高。

这消息传出去得太快了，老二还没想好究竟买什么牌子的车。老三来了，他一看老二那故意克制喜悦的神色，就明白外边的传言是真的。

他嘿嘿笑着说："二哥，我觉得你现在要买车就买星光，这车省油也耐用。"老二一激灵，知道老三的来意后，便说："看这意思你都听说了？"老三点点头从兜里掏出一根烟递给二哥。两个人先后把烟点着了抽起来。

老二现在的房子是从老三那买的，既然是自家兄弟，在价格上肯定要优惠，又因为老二当时钱不凑齐，所以房款也是分期分批支付的。老三的情分老二都记着呢，他把烟蒂扔在地上使劲儿踩上一脚，像是下了很大决心似的说："老三，哥明白你的意思，这样，我给你一百块大洋吧。"

老三笑了，他看着自己的亲哥哥笑得有些勉强，显然这个数目没达到他的预期。老二说："其实这玩意儿也值不了几个钱，一百不少了。"老三说："我的哥哎，再怎么说我也在这个房子里住了小二十年，你要不是我亲哥，就那俩钱，我能把房子卖给你？你别以为我不知道，现在市场上一块大洋七八百呢。我也不跟你多要，你要念在我是你兄弟的情分上，再加一百！"

老二舍不得二百块大洋，没答应老三。老三只好回家把老妈搬出来了。老妈说："这些年我一直在你弟家里住着，他可是个有孝心的孩子。"老二说："你是在他家住，可我也没少给你养老钱啊！"

老三觉得老二连母亲的面子都不给，太没人情心里很生气，他说："二哥，我也不是非得让你多给我一百大洋，我是心里堵得慌。"老二说："老三，你知足吧！要是你把房子卖给别人，恐怕一百大洋都没有。"老三说："二哥，你要这么说，那我可得跟你好好说道说道。"

两人越说越激动，最后把小时候谁多吃一块糖球儿、谁为谁挨打的事都折腾出来了。老二说："我是你哥，我也不跟你一般见识，反正你要呢，我现在就把一百大洋给你，那咱们还是兄弟；你要不要，那我也没办法。"老三说："既然你这么说，我看咱们只有去法院了。"老二说：“不用去法院，那太麻烦，还得请律师，还得交诉讼费，要我看，咱干脆找茂才叔，让他给断一断得了。”

茂才叔是村主任，办事很公平，这是有目共睹的。老三觉得老二说得没错，当时就跟老二来到茂才叔家里。茂才一看哥俩的神色，心里早有谱儿了，因为这几天他也听说这件事了，他看着哥俩板着脸也没笑，一脸很严肃的样子，说：“我知道你们是为啥事来的。”说完这句话，茂才指着老二的鼻子叹了一口气，老二赶紧低下头，他见目的已经达到，又把手指向老三。

哥俩都把头低着很惭愧的样子。茂才听了事情的经过以后，严肃地说：“你们的事其实我早听说了，幸亏你们没去法院起诉，要诉诸法律你们恐怕连个大洋毛都捞不着。老二，这大洋是你发现的不假，可你以为那东西在你家宅基地就是你的？请问是你爷爷埋的还是你奶奶埋的？都不是吧？这两天我查了一下法律，按规定这是无主物，是没有主人的东西，那是要归国家所有的。”老二盯着茂才，很着急地说：“那毕竟是我发现的啊！”茂才说：“我又没说不是你发现的，合着我们国家的金矿、油矿，谁发现就是谁的吗？”

哥俩都被茂才的气势压住了，谁也不敢再说话。茂才叹了一口气语气缓和地说：“我看这事儿也好处理，老二，你给老三一百五十大洋，毕竟他在那栋房子里住的时间最长。老二，你发现一回不容易，给你三百怎么样？”老二问：“那……剩下的呢？”

茂才叔说：“剩下的自然归我了。”哥俩都很惊讶，不约而同地盯着茂才。茂才说：“你们想啥呢？我要用这笔钱维修村里的学校。”

哥俩没话说了，都觉得还是茂才叔想得周到。

辑六

执　着

芊芊从学校回到家里，程路正在帮母亲拖地。芊芊顺手把拉杆箱杵在墙脚坐在了沙发上。母亲看她进屋给程路使眼色，那意思是让他跟芊芊好好聊聊。程路好像没看见似的，跟芊芊简单打声招呼，继续干活儿。

芊芊也不看程路，只顾在那儿低着头看手机。程路呢，倒是有意无意地看了两眼芊芊。他不知该跟她说什么。他一个消防员又没受过高等教育，他的话题芊芊也未必感兴趣。

把地拖完了，程路满屋看了一圈儿，觉得实在没活儿干了，便两手抱着前胸坐在沙发上。这时芊芊故意把鞋蹬掉，把脚上的臭袜子脱了下来。一切都跟芊芊预料的一样，程路果然拿着袜子到洗手间去洗了。母亲看到这一幕摇摇头说："芊芊，我觉得你有些过分了。"芊芊说："我这是在帮他，反正他也闲不住。"

四年，大学眼看要毕业了，这样的镜头不知重复了多少次。她每次从学校回来，只要是下班时间几乎都能看见程路在帮母亲干活儿。

程路是母亲同事的孩子，他母亲和芊芊的母亲是闺密，两人无话不谈，花钱也不分彼此。父亲去世以后家里没男人，程路便在母亲的授意下经常过来帮着干活儿。母亲喜欢程路的朴实、勤劳，一度觉得他是可以托付终身的男人。芊芊对此不以为然。母亲说："那是你对他了解太少，我敢说要是真遇上危险，程路肯定会舍命去救你的。"

由于母亲的极力撮合，芊芊只好勉强接受程路。其实她不爱程路，母亲是知道的。最主要的是两人在一起没话说。要说程路，高大帅气也挺阳光的，找个女孩子谈恋爱不是难事，可他偏偏看上芊芊了。芊芊曾问过程路："我究竟哪里好啊？"程路说："你哪里都好。"芊芊说："你必须跟我说真话。"程路就说："我喜欢看你任性不讲理的样子。"芊芊觉得男人一旦爱上女人就犯贱，这本来是毛病，可在程路的眼里却成了优点。

芊芊不喜欢程路的工作，想让他换个工作。程路说："你让我干别的什么都行，这个不行。"他在说这句话的时候，目光却看着远方而且神情特别严肃。后来母亲告诉她，刚参加工作的时候，一个战友为了救他牺牲了。

父亲去世以后，母亲为了撑起这个家太不容易了。她欠母亲的太多。为了让母亲高兴，她一直在尝试着接受程路。可不行。不论他怎么付出，她和他的相处都停留在最初的阶段。已经四年，她和他也曾花前月下地走过，看过电影，可两人还没有吻过。这能算是恋爱吗？

那天吃完晚饭以后，母亲借故出去了，二人一直坐在沙发上，气氛多少有些尴尬。芊芊看着程路忽然说："我想考研。"程路说："这是好事，我全力支持你。"芊芊说："我这回想考北京的大学。"程路显然明白芊芊的用意，他稍事地犹豫一下，还是说："不管你考哪里，我都支持你。"

母亲知道芊芊的想法后问："你是在躲避程路吗？"芊芊说："我不是已答应你嫁给他了嘛！这难道还不够吗？"母亲说："你是我女儿，难道你想什么我会不知道？我跟你说，别以为你学历高了人家程路配不上你，遇上他这样的男孩儿是你的福气。"她赶紧把身子贴过去对母亲说："妈，我知道他是个好男人，也许有一天我会爱上他的。"

北京离她居住的城市很远，她一年只能回两次家。平时都是程路主动找她，没事儿她从不联系程路。程路总是按季节给她寄家乡特产，按月给她微信转账，并且嘱咐她一定要吃好。她也不敢拒绝只能照单全收，要不母亲该生气了。

那次程路出差特意绕道来北京看她，芊芊故意躲了起来，说她到乡下去调研不在学校。她必须狠下心和他保持一定的距离，让他知难而退。

芊芊每天只有复习功课，她已经一年没回家了。那天她吃完晚饭没去图书馆，在宿舍躺着，忽然看到一个短视频：一个消防员头顶缠着纱布躺在担架上，他的战友把脑袋贴到他的耳朵上在倾听，这时出现一句画外音：可惜我再也不能去爱她了……

芊芊回到家，程路已经走了。母亲陪着芊芊来到烈士陵园。她看着程路的墓碑忽然拨通了电话，一阵忙音过后，她终于听到了程路的声音：主人不在，请留言！

这样的爱

刘大妈有一个儿子，他的名字叫刘勇，他是一名外科医生。

一天晚上，他在外面应酬后回家，路过铁道口时，听见道旁树林里有个女孩儿喊救命。

刘勇寻声跑到跟前，看见两个矮个小子正对女孩儿拉扯着，便厉声喝道："放开她！"

这时，那其中的一个小子丢下女孩儿就跑了；另一个没跑，他从腰间抽出一把尖刀，直逼刘勇而去。女孩儿得救了，刘勇却牺牲了。

刘大妈失去儿子后，终日以泪洗面，十分痛苦。

被救的女孩儿叫李琼，是一名幼师，家住铁道口东。

半年后，李琼从痛苦中走了出来。她决定去刘勇家探望刘大妈。

刘大妈家住铁道口北。李琼买了些礼物，找到了刘大妈家。

李琼从刘大妈家回来后，在网上买了电视机、洗衣机、冰箱等，还有一些吃穿用的物品，都快递寄到了刘大妈家。

刘大妈和刘大叔签收这些物品后，心里百感交集。

从此，李琼成了刘大妈家的常客。李琼常领刘大妈去澡堂洗澡，还把她家里的脏衣服都给洗了，包括刘大妈的裤衩。

刘大妈看到李琼给自己洗裤衩，心里热乎乎的，便走到李琼身边，拉着她的手，说："孩子，难为你了，你为大妈做了这么多，你就像我的亲闺女啊！"

李琼听了，心里非常温暖，她把脸贴在刘大妈的肩膀上，说："娘，以后我就是你的亲闺女！"

中秋节当天，刘大妈正在包饺子，忽然手机响了，她放下捏好的饺子，摁了接听键，听了几分钟，心突然"扑腾""扑腾"地跳起来，电话里的声音太像儿子了！

恍惚间，刘大妈听傻了，仿佛看见自己的儿子了，就不由自主地说："勇啊，娘太想你了！你能叫我一声娘吗？"

电话里的声音迟疑了片刻后，说："听我说……我……我是……"

刘大妈说："你先别说……听我说，以后你能多给我打几个电话吗？"

对方停顿一下，说："行。"

第三天，电话里的"儿子"真的打来电话了。

刘大妈别提多高兴了，对着话筒说："勇啊，外面凉，你穿厚点儿，别感冒了。"

电话里的"儿子"听了，说："娘，我穿得厚，放心吧。"

刘大妈笑了，说："儿子，真乖。"

电话里的"儿子"说："娘，我……我想……"

刘大妈说："儿子，别说想了！听我说，你吃饭了吗？你胃不好，记得按时吃饭。”

电话里的“儿子”说：“娘，我记住了。”然后，他没再说别的，便撂了电话，后来没再打电话。

一周后，没有“儿子”的电话了。刘大妈有点儿坐不住了，她反复给电话里的“儿子”打电话，但始终打不通。

刘大妈问刘大叔：“老头子，儿子的电话咋打不通呢？”

刘大叔说：“傻老婆子，儿子的电话不用了，谁都打不通。”

刘大妈瞪了刘大叔一眼，大声说：“你瞎说，儿子前几天还给我打过电话呢。”

刘大叔说：“老婆子，儿子走了，都四年了，你就接受现实吧！”

刘大妈不信儿子走了，她又给电话里的“儿子”打电话。这回通了。她把手机放到刘大叔耳边，说：“你听，你听听，电话没停机吧！”

刘大叔听了，是通了，但无人接听。

后来，刘大叔找到了电话里的“儿子”，并见到了他本人。

其实，电话里的“儿子”叫杨洋，正在警校读书。

刘大叔约见杨洋，本意是向他道歉的。没想到杨洋却说，那天他打错电话了，本来是跟刘大妈解释并道歉的，但刘大妈电话里不容他解释……

刘大叔说：“应该道歉的人是我，我老伴得了阿尔茨海默病，把你当成死去的儿子了！”

杨洋说：“没关系的。老伯，我还能为你们做点儿什么吗？”

刘大叔说：“你还能经常给我老伴打电话吗？我不能让你白搭工夫，我可以付费……”

杨洋说：“我愿意给刘大妈打电话，愿意叫她一声‘娘’。我不会要一分钱的。我从小就没了娘，我想认刘大妈为干娘。”

刘大叔高兴地连忙点头。

后来，杨洋和李琼都把刘大妈当做了自己的亲娘。刘大妈在两个孩子亲情的呵护中，病情逐渐地好了起来。

一年后，杨洋和李琼成了恋人。

夏青生命里的六十分钟

一个叫夏青的十七岁男孩，疯了似的往家里跑。

此时，夜色正浓，星光密布，这是个浪漫且美妙的夜晚。

夏青跑着，跑着，脑海里蹦出的都是晓晓说的那句话。他想不明白，也接受不了，眼里晃动着泪花。

就在这个当口儿，眼前闪过一道光亮，箭一般的轿车，将他撞倒在路旁。

十分钟前——

夏青躺在教室最后一排拼凑的椅子上，似睡非睡地期待着晓晓的开门声。

夏青想着、向往着，心里便如装了一朵灿烂奔放的桃花。

忽然，门锁“哗啦”“哗啦”地响，他的心怦怦直跳，一时乱了方寸，不知如何是好。

等晓晓推门进屋打开灯后，他怯怯地说："对不起，你别害怕，我昨晚没回寝室。"

晓晓迟疑了片晌，望着坐在椅子上的夏青，诧异地问："咋是你？为啥没回寝室？"

夏青好像换了个人，没了往日的傲慢，像犯了错的小男孩儿。他嗫嗫嚅嚅地说："其实，我没回寝室，是为了你。"

晓晓不敢相信自己的耳朵，她又问："啥？为了我？"

夏青红着脸颊瞅着地面，难为情地说："我，我……我想让你做我一辈子的'小妹妹'，行吗？"

晓晓还没从惊吓中完全解脱出来，随口蹦出了几个字："不，绝对不行。"

夏青听了，仿佛五雷轰顶，没再吱声。

一会儿，他站起身，大步流星地走到门前，推门飞奔离去。

二十分钟前——

晓晓是复读生，物理相对薄弱，她为了早点儿起来研究物理题，主动负责开门。

那天夜里，晓晓正在酣睡，她家的大黄狗不知是发现了什么特别的动静，一个劲地叫。她睡眼惺忪，爬出被窝，穿好衣服，背上书包，匆匆奔教室去了。

晓晓走到教室门前，掏出钥匙，插进锁心里，一拧又一拧，开了门，走到她的座位旁边，习惯地伸手摁了一下墙上的开关，打开了灯。

刚放下书包，就听见后面"咯吱""咯吱"的响声，晓晓的心一下子提到了嗓子眼。

"呀！是不是老鼠？"天哪！她最怕老鼠了，不敢回头瞅。

此刻，陪伴她的仍是沉默的黑板和桌椅。她的腿打战，呼吸随之加快，额头上冒出了一层冷汗。她竟然不敢去擦，杵在那儿，不敢轻举妄动，害怕惊动那只老鼠，唯恐那只老鼠窜过来。

晓晓害怕极了，默默地承受恐惧，找不到一丝的抚慰。

就在她快要瘫下去的时候，她的耳畔突然响起了说话声。

晓晓听出来了，说话的人是模拟考试名列前茅的夏青。

听到这熟悉的声音，她却一下子瘫倒在座位上。

她又喜又恨，赌气没回头，气哼哼地喊："哎呀妈呀，吓死我了！"

"我……我……我，其实……"夏青平时说话侃侃而谈，今天是怎么了？

晓晓不理他，仍在赌气，手摁住了胸口。

"晓晓，我想和你说句话，给我几分钟，可以吗？"

晓晓仍在赌气。

…………

倘若那天不是那样。

事实上，晓晓心里并不讨厌夏青，恰恰相反，她还暗暗地钦佩他是物理科代表呢。

只不过她当时真的是被吓坏了，心情不好赌气而已。

倘若是换了一个情景，说不定晓晓会答应夏青的请求，或者即使是拒绝，兴许也不会是这个样子。

人生啊，有时候真是无奈，只有残酷的现实，没有丁点儿的假如！

醉　花

阿华、冬梅和燕子，都是我的发小。念大学时，我们在同一个城市。毕业后，除了阿华随同男友去了北京，我们仨都留在了哈尔滨。

这几年，虽然阿华不和我们常见面，但是彼此的心却依然贴得很近。

“六点半，‘美食美客’见。”阿华回来了，她电话约我。

撂下电话，我高兴地去见阿华了。

单间包房里，我们姐妹四人又见面了。

“冬梅，点菜。”阿华说。

“四荤四素八个菜，外加一个甜汤，OK！”冬梅接过菜谱。

我们听了，都呵呵地笑了。

这时，一股茉莉花的馨香迎面袭来，原来是服务员端来了一壶热茶。

“几年不见，姐姐们变化不大嘛！”阿华接过茶壶。

“谁说的！我脂肪增加了。”冬梅笑道。

“还不得感谢你老公啊，把你养得白胖白胖的。”燕子说。

“我老公呀，整天就知道给我钱，不让我工作，我只要给他足够的自由就行。”冬梅表面上似乎是挖苦老公，实则是晒自己的幸福呢。

“冬梅姐，姐夫要是有相好的，领回家，你不管吗？”燕子问。

“那可不行，这是原则问题，他在外面怎么花都行，就是不能领回家，我是正宫！”冬梅满脸严肃。

她这样一说，把我们都逗笑了。

“你也不错嘛，你老公是处长，你是公务员。”冬梅看着燕子。

“我再不错也不如你呀，嫁了个大款。”燕子伶牙俐齿。

“阿华，谈谈你老公，听说在北京发达了？”冬梅乘机岔开话题。

“发什么呀！一年赚个十万八万的，仅够维持生活。”阿华捋了捋挡在额前的头发。

“你老公还在报社吧？”冬梅喝了一口茶。

“可不，他在 GH 报社呢。”阿华说。

“比我老公强太多了！他就是个暴发户。”冬梅说。

“不能这么说，工作分工不同而已。”燕子说。

“男人啊，干啥并不重要，关键得会疼老婆、爱家。”我说。

“那当然了，工作不论贵贱，最重要的是得对家庭负责任。”燕子说。

“还是娟姐精辟，不愧是写文字的。”阿华竖起了大拇指。

“娟姐，姐夫在学校高升了吧？”阿华问。

“没有，还是任课教师。”我说。

此时，服务员端来了菜，摆了一桌子。

阿华要了红酒。

红酒喝光了，阿华又要了一箱啤酒，我们互相碰杯，左一杯右一杯，碰来碰去，大家越喝越尽兴。

喝着喝着，我们几乎都有了醉意，说话也口吃起来。

“你……你们说说，男……男人是什么东西？”阿华问。

“我……我说不清。”冬梅说。

“我……我也不知道。”燕子摇摇头。

“姐……姐姐们，认识我的人都说我是世界上最幸福的女人，其实幸不幸福只有我自己最清楚。我老公是个、就是个伪君子，他吃着碗里的，惦记锅里的。你说，这……这样的男人是不是东西？”阿华有些激动。

“男人没一个好东西，爱着这个女人想着那个女人。我老公就是这种下三烂！”冬梅坦露心声。

“男人就不是个好东西，我老公外面也有女人。”燕子更是无所顾忌了。

听了她们对男人的评价，我的心里很不是滋味。男人到底怎么了？

…………

“嘀嘀”，是阿华微信的提示音。

她看到有人发朋友圈了，觉得有趣，便读了起来——

致闺密！谁都会有几个闺密，等姐儿几个老了，还得往一堆凑，喝点儿小酒、吹吹牛、聊点私密事儿。

致闺密！她丑、她穷、她邋遢，她仍是我姐妹儿。你富、你帅、你嘚瑟，动她，照样揍你。

致闺密！你要喝酒，不用灌，陪醉；要病了，不用问，陪睡。

阿华读着读着，眼里闪现着泪花……

接下来，燕子提议说：“阿华也不总回来，今晚我们都不要回家了，我请姐儿几个洗澡，然后按摩，也放松一下。”

我们听从了燕子的提议，从酒店出来去了一家洗浴城。

进了洗浴城，因为都有些醉了，也没有洗澡，换上浴衣便直接去了四个人的包房。不一会儿，燕子叫来四个按摩的小男生为我们按摩。

刚按摩时，姐妹们说说笑笑，没多大工夫都沉沉地睡着了。第二天早晨醒来时，阳光已照在了我们的脸上，看上去虽然不是十足美丽，但个个脸蛋都荡漾着舒心的笑容。

冲完澡，换上衣服，走出洗浴城的门口时，阿华突然问我们："昨天晚上在酒桌上，咱们都说些什么啦？你们谁还记得吗？"

大家互相看了看，最后异口同声地说："我们都不记得了。"

阿华听了，笑着说："是呀，我也不记得了。"

阿华说完，我们彼此会意地一笑，去对面那家粥铺吃早餐去了。

生　命

每年樱桃红了的季节，我都会想起扎在心窝的那桩往事。

二十世纪七十年代末，我正在读小学。一天早晨，父母去村东大排地干活儿，我在家照顾不满三岁的弟弟铁蛋。我按照母亲的嘱咐蒸好鸡蛋羹，端到铁蛋跟前，一勺一勺地喂铁蛋吃。铁蛋吃完鸡蛋羹，小脸乐成了一朵花。

这时,我同学刘美华到我家来玩。我和刘美华聊了一些班级里的事后,发现刘美华的一双眼睛被我家院内小园子里的那两棵樱桃树给勾直了。

现在正是樱桃红了的季节，这两棵树上的大樱桃，个个丰盈饱满，鲜红欲滴。我明白了刘美华的意思，就说：“美华，走，咱俩去园子里摘樱桃吃。”刘美华乐颠颠地随我到了樱桃树下，乐呵呵地摘着樱桃吃。

这时，我忽略了我的弟弟铁蛋，因此发生了令我一生都无法释怀的悲惨事件。

当时铁蛋刚会爬还不会走呢，在我和美华摘樱桃吃时，铁蛋竟然从炕上爬上了窗台。夏天，窗户是开着的。就这样，铁蛋从窗台上向前爬行的时候，双手抓空，大头冲下，从窗台上摔到地面上了。而促使悲惨事件发生的巧合点是：弟弟铁蛋的头落到地面时，木板上竖立着的一根钉子正好扎进了弟弟的头。

我和美华从园子里赶到窗台下时，见有血正从弟弟头上被扎的钉眼处向外渗出着。

我紧张且慌乱，竟无了主意，不知该怎么办，是美华找来了邻居。邻居到后，没敢把扎在弟弟头上的钉子拔出，说是怕有血窜出来。

来不及去村东大排地找父母，弟弟铁蛋连同那块木板和那枚钉子，被邻居们抱上四轮车赶往县城了。

站在村口，望着四轮车在灰尘中远去，我心神不安。

我流着泪，转身跑去找父母。

到了大排地里，我把铁蛋的情况说了。父母赶紧放下手里的活，慌手忙脚地向村里跑。

等父母赶到县城医院时，弟弟铁蛋已经停止了呼吸。因为我的疏忽，弟弟铁蛋的生命瞬间便像风一样消失了。

母亲抱着铁蛋，哭得肝肠欲断，昏了过去。我哭得死去活来。

我知道，我永远不可能再喂铁蛋吃鸡蛋羹了，再也不能和他一起玩耍了。

处理完铁蛋的后事，父亲问起我铁蛋出事那天的前后经过，并质问：“不是让你在家照顾好弟弟吗？”

我就把刘美华那天想吃樱桃的想法告诉了父亲。

父亲听后，说：“然后你离开弟弟，去园子陪刘美华摘樱桃吃，你弟弟就出事了，对吧？”

我点点头。

我发现父亲眼里立即闪出一道光，那道光当时我不能理解是什么含义，现在回忆起来，应该理解为那是一道凶狠且充满仇恨的光。

可惜，我对这道光理解得太迟了。

几天后，刘美华被人掐死的尸体出现在村东大排地里。父亲是凶手，他不隐藏躲避，主动投案自首。

民警问他作案动机时，父亲回答得很简单：“我儿子铁蛋的死，与刘美华有关，所以她要偿命。自古杀人偿命，欠债还钱嘛！”

当时，我舅舅是我们那个乡的乡长，也不知他用了什么样的办法，竟然让刘美华的父母不追究我父亲的刑事责任。

父亲被释放后，像变了个人，整天待在家里，沉默寡言。

不久的一天夜里，父亲用鼠药结束了自己的生命。识字不多的父亲，留下了只有一行字的遗书：自古杀人偿命，欠债还钱！

我舅舅捶胸顿足地说：“早知这样，我何必卖了房子救你呀！”

母亲是雪上添霜，忧伤过度，患了精神病。一个家庭就这样四分五裂。

几年后，我也因为母亲的病，放弃了高考，把母亲带到县城，和亲属借了钱，租了门市房。我着小生意，攒些钱给母亲治病。

时光荏苒，一晃四十余载过去了，我也快成六十岁的老人了，一直单身未嫁，陪着母亲。然而，尽管如此，我心里的结仍在。我从未给父亲上过坟，内心怎么也不能原谅他。

清明或七月十五，无论怎么忙，我总要到刘美华的坟前陪她聊聊天。

星 火

今天是高月上山的日子。已经过了午时，铁犁还没见到高月，他把猎枪从肩上摘下来，放在青石上，卷了一根烟抽上了。

黑龙山说高不高说矮不矮，草木倒是十分茂盛，树木也多。一只鸟的翅膀收放的频率很快，不像是候鸟，倒有些像麻雀。由于离得有点儿远，铁犁看不清，但却能听见它吱吱的叫声。铁犁有些心烦，还没等把烟抽完就从石头上站了起来。他想着高月也无心打猎，时间过得很快，眼看着日影偏斜，他忽然不知为什么想到了盘踞在南山的土匪鬼见愁。

按理说，高月来找铁犁是不可能碰见土匪的，他们平时很少到北山，但啥事都有意外，万一呢……铁犁不敢再顺着这个思路想下去了，因为那太危险了，抛开鬼见愁不说，但就高月花容月貌的长相，他那些如狼似虎的土匪也不会放过她。

北山到南山大约有几十公里，铁犁常年狩猎走得很快，天还没黑已经到了南山。他在山门外报了自己的名号以后，被两个小崽子迎到了山寨里。鬼见愁一看他嘿嘿笑了，然后说："我就知道你也该到了，你啥也别说，说也没用。"铁犁说："这么说高月真的在你这里？"鬼见愁说："要说你在这黑龙山也算一号人物，我鬼见愁该给你个面子，怎奈我和这妞儿已经拜堂成亲，晚了。"

铁犁简单地扫了一眼，光聚义厅里就有不下几十号土匪，他没见着高月，看来高月肯定是被他们绑起来藏在别的房间了。按照土匪的规矩，铁犁要人可以跟鬼见愁比武，要是赢了是可以带走高月的。可他自忖无论是刀法还是枪法，他都没有把握取胜，再说他也不相信土匪。鬼见愁说："你不用担心，按照山寨的规矩，你要是赢了，带着你的妞儿下山，保准没人拦你。可刀枪无眼，我孤身一人无牵无挂的，你别后悔！"

从南山下来铁犁心乱如麻，鬼见愁说得没错，他有爹有妈还有两个妹妹，他要是死了，他们以后怎么办？来硬的肯定不行，他打不过鬼见愁，更别说他手下有那么多崽子。月亮出来了，他也不敢回村，因为他没法跟高月的父母交代。回到北山他打了一只兔子，坐在火堆跟前，思谋着怎样才能救出高月。他们从小一起长大，婚也订完了眼看着年底要结婚了，这一切都来得太突然……

铁犁躺在山洞里一宿也没睡着，第二天他又去了南山。他是一名猎人，虽说智慧不足，但勇气是有的，他不能坐以待毙，哪怕是死在鬼见愁的手里。鬼见愁好像算准了他还会来，一直坐在山门外的大石头上，眼睛似闭非闭的，对着山路。铁犁用力耸了一下肩上的猎枪，义无反顾地走到鬼见愁跟前。这时正好有一只鸟在他们的头顶经过，铁犁也没看清鬼见愁是怎么拔枪的，只听一声枪响，那只鸟便掉在地上了。

鬼见愁也不说话，回头向山寨走去，把整个后背都留给了铁犁。山上无风，铁犁却听到了绵密的松涛声……他只能离开。以前的判断没错，他的确不是鬼见愁的对手。

铁犁返回北山的时候，眼前始终晃荡着鬼见愁留给他的潇洒背影，这种无言的轻蔑带给铁犁的伤害，足够他放弃自己的生命。“既然打不过你，那就跟你同归于尽。”铁犁现在迫在眉睫的是要弄到炸药然后绑在自己的身上，至于自己的父母和妹妹，他也管不了那么多了。那高月呢？她既然不能嫁给自己，那也绝对不能让她跟了土匪。

接下来发生的事情完全颠覆了铁犁对鬼见愁的看法。

鬼见愁为了救两名抗联战士遭遇了小鬼子的埋伏，他和山寨上的所有兄弟都死在了城外的草甸子上。铁犁本来是准备进城买炸药的，他在城门外看着墙上的布告十分震惊，土匪去抗日了。

铁犁连城也没进又返回了黑龙山。这时高月已经从山上下来，她看着山脚下的铁犁，朝他挥着手。铁犁走到高月跟前，看着高月却怎么也高兴不起来。高月说：“他们都下山去救人……我才跑出来。”铁犁说：“是，他们都死了。”高月激动地想去抱铁犁，可铁犁却没有抱。高月一脸疑惑地看着铁犁，以为他是嫌自己了所以很伤心地哭起来。

铁犁说：“你知道吗？我今儿去县城买炸药，是想和他同归于尽的。”高月说：“可是……我不喜欢他。”

铁犁没听见高月说什么，他忽然跪在山脚下朝山寨方向磕了几个头。

后来，黑龙山出现了专打日本鬼子的队伍，领头人就是铁犁。

爷爷的教育

我和小莫回到老家医院，爷爷见我把女朋友带回来，挣扎着要从床上坐起来。我和小莫赶紧去扶爷爷，告诉爷爷只管安心养病，等他病好了我们就结婚。爷爷说他的病恐怕一时半会儿好不了……他说完这句话又觉得此时此刻不该让我们担心，所以又把话岔开了。我只好跟爷爷谈村里的一些事情，诸如庄稼啊、池塘啊，当话题深入到一个阶段我也跟他说从前，我上学的时候，下雨天他背着我走过泥泞的村路，在茫茫的细雨中他的背弯成一张弓……而我真的像一支箭被他搭在弓上，但我没想到他会把我这支箭射得这么远……以至于我到大城市去读书，然后留在大城市，一年都难得跟他见一面。

爷爷对我的比喻十分认同，他说："不把弓拉满了，怎么能把箭射远？"那时候乡下不像现在要啥有啥，我没少跟爷爷吃苦！

小莫看着我们俩聊得开心，给爷爷削了一个苹果。爷爷接过苹果，说："这孩子一看就是好孩子，以后你可得好好待人家，你说你一个乡下小子，你书读的是好，可书读得好的人多了，人家为啥偏偏看上你了？"我告诉爷爷我对小莫很好，就差把她当佛拜了。

爷爷非要出院回家。我见过主治医生，他说老人的病已经到晚期，手术已经没有意义。我和小莫商量一下，觉得还是随他的愿吧！

回到家里，爷爷开始两天感觉很好，不断地和我回忆各种往事，他有时说着说着说不下去了，他的记忆明显在衰退，我只好装成竭力思索的样子，然后小心翼翼地提示他。小莫被我和爷爷感染了，好像真的已经融入我们这个家庭，她用手托着脸听得很入迷。爷爷说："我这一辈子最骄傲的是养了你这么个孙子。"我说："不对，是你选择了我这支箭，然后把我射向了远方。"

我想到了爷爷在我上小学以后，他突然开始每天练习识字、写字。每当我学习懈怠时，一想到爷爷那么大年龄，还在坚持识字，我又有什么理由不好好学习呢？

我上大学以后才恍然大悟：爷爷的言传身教，给了我学习的力量。

正是六月天农村最好的季节，每到晌午传来布谷鸟的叫声，十分入耳。我手指着外边，对爷爷说："我在城里念书的时候，中午休息也经常能听到这声音，真想哭。"爷爷说："那是你想到了我们的村子和田里的庄稼。"我说："主要是我想到了您。"

我和小莫买了很多青菜和海鲜，想让爷爷吃得更好一点儿，但爷爷每顿都吃得很少，后来渐渐的话也说得少了。我跟小莫说："看来爷爷在世的时间不会太多了。"父母去世早，我一直跟着爷爷生活，我非常理解爷爷此时的心情，他是想看我结婚呢。小莫也觉得我该满足爷爷的愿望。她立即和远在南方的父母取得联系，并说明这里的实际情况。她的父母同意小莫现在和我举行婚礼，只是他们要赶到东北恐怕来不及了。

我说我现在要和小莫结婚。爷爷立即握住我的手，说：“我就等这天了，也不知我还能不能赶得上。”我说：“爷爷您放心，我和小莫马上结婚，我们还等着给您磕头呢。”

爷爷越来越不行了，他躺在床上一直闭着眼睛，只能进流食，整个人都陷入半昏迷的状态。我只好把自己要和小莫马上结婚的意思告诉堂哥，他说：“这好办，一会儿让人去城里买两挂鞭炮，顺带着给新娘租一套婚纱，保准让你满意。”

一切准备工作都齐备了，爷爷已经完全进入昏迷状态。但唢呐声一响，爷爷还是睁开了眼睛，我赶紧上前把爷爷扶起来，这时小莫也已经穿上婚纱，我们俩都围在他床前，我附身在他耳边小声说：“婚礼就要开始了。”

主持人要走流程，拜完天地才能拜爷爷，可这时候的爷爷被人扶着坐在椅子上随时都可能离开，我只好和主持人商量，先拜完爷爷再说。我也不知磕了几个头，等我和小莫抬起头来，分明看见爷爷的眼角儿挂着泪花。这是我有记忆开始，二十多年爷爷第一次流泪，而且是在我的婚礼上……小莫赶紧用手给爷爷擦泪。

这时堂哥说：“你看咱爷爷高兴得连眼泪都流出来了。”爷爷已经心满意足地走了。我想把爷爷抱起来，可爷爷的身体忽然蜷成一张弓，我费了很大的劲儿才把他抱到屋里的床上。

小莫跟在我身后，喊了一声“爷爷”，眼泪像脱穗的米粒一样都落在了婚纱上……

洗 头

也不知她用的是什么东西,盆里泛起白色的泡沫,她的脑袋离开盆子,泡沫依然黏在脑袋上。只见她左右一晃,跟着用两只手来回在脑袋上搓揉,直到泡沫消失,她才使劲儿往后一甩,让瀑布似的黑发搭在自己的后背上。接下来她会用清水漂洗头发,一遍一遍地,洗过的水都被她顺手泼洒在地上,小院湿了一片,惹得一些小鸭、小鹅嘎嘎地叫,围着她转。

青阳站在院门内,强烈的日光把院外的杨树照得蔫蔫的,叶子打着卷儿,但这并不影响他躲在阴凉处去看女孩儿洗头。她的后背一直对着他家的院墙,值得庆幸的是这堵墙不高,她的上半身都看得清楚。她开始转过身对着他微微一笑,然后把头发拢在手里迎着日光去看,金色的阳光绕过她的秀发映在细腻光滑的脸上,她的头发看上去很黑,而手指却很白,这让青阳不仅想到了马尾巴还有他家后院里的小葱。

她晾完头发进屋,青阳还痴痴地在那儿站着呢。她搬到这个院子已经有半年了，青阳还不知道她叫什么名字。有两次他们走了个迎面，青阳想问又不好意思问。听说她父亲在乡里工作，她是为照顾父亲才跟过来的。只见她每天上班都穿着邮局的衣服，青阳感到判定她是个电话接线员。

她白天很少在家，而青阳是农民，收工后，大部分时间是要待在家里的，他只要出门或者进院总是有意无意地往她的院子看一眼，她如果恰好回来了，又如果恰好在洗头，青阳感觉这一天就很有意思，他只是觉得这个女孩儿洗头的样子很好看，一头乌黑的秀发跟泼墨一样笼罩了整个夏天。

她洗头很勤，而且一般都选择在中午，这个时段正好青阳在午休。也不知从哪一天开始，青阳开始站在矮墙跟前看她洗头，她毫不介意地看着青阳笑，然后让青阳到她的院子里。按照她的吩咐，青阳把一盆一盆的清水缓缓地浇在她头顶上。她迎着日光看过自己的头发后，对青阳的工作很满意，青阳只是规规矩矩地站在她跟前傻傻地笑。

后来青阳到洋铁铺特意打了一个喷壶，他觉得只有这样才对得起她的邀请。她看到喷壶那一刻很是意外，没想到青阳这么有心。青阳一手提着喷壶，一手轻轻地按着喷壶嘴儿，很快帮她洗完了头发。她很开心地告诉青阳，她还从来没这么洗过头发，简直比浴池洗得还彻底。青阳说："我们乡下人笨，让你见笑了。"她说："我们都认识这么长时间了，我还不知道你叫什么名字呢。"于是俩人很快地交换了各自的名字。红棉特意用自行车带着青阳看了一场电影。抛开电影内容不说，仅是坐在她身旁的感觉就足够青阳想半生了。

喷壶被红棉放在墙根下，用起来很方便。即便她不回来，青阳看见喷壶心里也踏实。红棉还是走了，她的父亲又调回县里工作了。这应该在青阳的意料之中，那段日子青阳在想起红棉的时候，心里不免有些烦躁，再看墙脚的喷壶，觉得这一切都跟做了一场梦似的，梦是醒了，可他的心还在梦里。

从村子往南走不远有一条小河，垂钓的人很多。青阳在河边碰上了自己初中的老师。两人简单聊几句，青阳发现老师钓上来的都是草鱼和一些小杂鱼，而没有鲢鱼，他不免觉得奇怪。老师告诉他鲢鱼喜欢阳光，只有它才真正属于夏天。青阳若有所思地看着老师，心里豁然明朗起来。

回到家里，青阳掏出红棉留的地址，烧了。在他看来，他和红棉的交往大概也只能如此，要是再继续下去那只能是个传说了。他跳过自己的院子把喷壶拿起来，用手掂了一下，然后装满了清水。

母亲有些不敢相信地看着自己的儿子，青阳帮母亲把头洗完了，母亲也把头发拢到胸前，用手托着仔细地对着阳光看。青阳问：“干净吗？”母亲幸福地连连点头。

青阳说：“以后我天天给您洗头。”

说完这句话他又想到了红棉，赶紧用手去抹眼泪，唯恐母亲看到。

贝　壳

星儿觉得这样的生活太腻了，几乎隔两天老公总是把她叫到酒店，在那种很大的、很豪华的包间，一大桌子人，有她认识的也有她不认识的，气氛异常热烈，但说到底都是相互炫耀或者绕着弯儿吹牛。星儿不想扫老公的兴，她也只好违心地笑，违心地去和那些认识的或者刚认识的去交流……

她不止一次和老公说过，她不喜欢那样的场合，她不喜欢很多人嘈嘈杂杂地去谈论一件事情。老公说他这个圈子都是成功人士，他们的话都是经验和智慧……往下他不说了，那意思再明显不过，他希望她能融入这个圈子。

来到这个城市很多年了，如果不遇到老公，星儿也许只是个过客。现在女儿都上学了，她不知为什么忽然觉得自己仍像个过客。老公是典型的富二代，在她的强烈影响下现在已经有了自己的公司。他是宠她的，但这不影响他把心思花到别的女人身上，她也懒得追究，她觉得女人的生活也许本该如此，那种青春时代幻想的幸福也许压根儿不存在。她只是觉得累，在无边的夜色里她忽然想看一眼月亮，可她眼前只有五彩缤纷的灯光，她没法去看月亮。

回到家里，星儿简单地洗了一个澡，换上睡衣，可一点儿睡意都没有。她想可能又要失眠了，只好把床头柜预备的书拿出来翻了两页，又觉得没什么意思。二百多平的复式，把几个房间都走遍了，心里空空的，她想给老公发一条微信，可把手机拿在手里又觉得没什么可说的，她想他回来可又怕他回来，她想一个人对付这无聊的夜晚，又想有一个人陪在她身边。她是矛盾的，连这个世界都矛盾又有谁能不矛盾？

笔直的海岸线，被海水浸泡过的沙滩潮湿而富有弹性，打老远便能听到海鸥的叫声，星儿手里拎着鞋子，脚踩在沙滩上，如果遇上贝壳了，她会把贝壳捡起来放在鞋子里。一般要等到她的鞋子里装满贝壳，聂远才能来。她一点儿也不急，满眼都是大海的涛声和海鸥白色的翅膀，她的心里被装得满满的。她需要漫无边际的遐想，一点儿一点儿地去消化自己的快乐和幸福。聂远知道她的心思，知道此时此刻他的理解就是对她最好的慰藉。所以他是什么时候来的，又是什么时候跟在她身后，她没注意。

星儿现在生活的城市没有海，可她在夜里依旧能听到大海的潮声。

她是下了很大决心才离开聂远的，聂远当时什么也没说，拖着两个行李箱一直把她送到车站，她轻轻地抱了一下聂远故作轻松地笑了，聂远的目光里装满祝福，依旧什么也没说。这么多年过去了，她忽然想去看看她曾经生活过的城市。

恰好现在是旅游旺季，为她出行提供了理由。老公只说了一句早去早回，别让他担心，便匆匆地去公司了。

一切都没什么太大的变化，绵长的海岸线、潮湿而富有弹性的沙滩，只是海鸥的数量明显减少，叫声也不如从前明亮而富有磁性。星儿沿着海岸线走出去很远，裸露的双脚踩在沙滩上，依旧是从前的感觉，只是没有聂远跟在身后。

离开大海，穿过一条长长的步行街，前面不远处便是她熟悉的平房区。她几乎是不知不觉地、下意识地向前走着，她开始并没想来这里，这并不在她的计划之中。他们住过的那所房子还是原来的样子，黑色的院门轻轻一推就开了。星儿缓步走进院子，从花盆底下拿起钥匙……

屋里也是从前的样子，北墙上挂着她和聂远的大幅照片，画面上星儿神采飞扬地面向大海，聂远默默地站在她身后。靠窗是一张铺着蓝格子床单的木床，书桌上放着一摞书。所有的一切都没变，只是看样子已经许久没人住了。

星儿满脸笑容地站在屋里，好像又回到从前，直到一个老太太出现，她才回过神来。老太太说："一会儿别忘了把钥匙留下！"她想问问聂远现在的情况，又一想这样也好。

老太太走后，她又在屋里待了一会儿，然后把两个贝壳放在桌子上。

最后她还是揣走了贝壳。

附文友评论

心灵深处留一缕阳光

——读小小说《心安》有感

《心安》是一篇非常精彩的小小说，描写了主人公积极化解还款难题，使自己心安。

小说开头交代了朋友大山因在俄罗斯租地经营蔬菜大棚亏了，想低价处理房子周转资金。这是引子，引出正文，起到了引人入胜的作用。

凑巧的是，主人公的儿子要结婚，正想买房子，和妻子商量后，同意买这个房子。

于是，主人公在自己已有二十万的基础上，借了十万，其中，主人公从大伯那借了两万元，大伯再三叮咛："这两万元，不急着用，什么时候宽裕了，什么时候还；实在没有，不还也行。"

这里最让读者感动的是大伯宽宏大量，主人公坚持将来一定要还钱。两人的心灵深处都留了一缕阳光。这也为还钱埋下了伏笔。

《心安》写还大伯的债与恩情；堂弟那边，也同样是满腹疑惑。所不同者，之前，夫妇俩左右为难、心乱如麻；长期去看望大伯后，纵然面对怀疑，依旧安之若素——是带着真心的付出与陪伴，让这份心安获得了对抗怀疑的力量。从不安到脆弱的心安，到最后真正的、坚定的心安，短短千余字，便写出了一篇“心安”的进化史。

堂弟两口子的怀疑是无法回避的尴尬，心安是因为心灵深处留有一缕阳光，才能坦然面对。心灵深处留有一缕阳光，困难才会迎刃而解。主人公曲线还钱的积极态度是本文的灵魂。

一篇不凡的小小说要有一个好的故事核，一个成熟作家懂得如何围绕故事核推进情节发展，这篇小小说《心安》就是我们学习的典范，构思一个精美的故事核，围绕故事核设置的情节既曲折生动又合情合理，增添了小说的艺术性，提升了感染力，使之成为一篇上乘的小小说。

王广

王广，长春人，小小说作品《初心》等多次获得全国各种大赛奖项，著有短篇小说集《岁月留痕》等。

微小说：以“小”博“大”之美

——简评小小说《狗性》

《狗性》这篇小小说，作者写得妙趣横生，尤其是小说叙事情节的构建、反转得如此之大，令人叹服。

小说从开头到下半部，作者用了大量笔墨写一只受伤的流浪小狗遇见了“我”的弟弟，在弟弟的精心照料下，小狗退烧了，伤也养好了，母亲对弟弟的态度也转变了。人与动物、人与人之间都显得那么和谐。其实，作者的目的不在于此，而是在为后面的强烈反差作铺垫。

当小狗遇到突然炸响的鞭炮而受惊，反过来撕咬弟弟时，似乎人与动物变得不和谐了，人们似乎认定狗性就是如此，翻脸不认人。当弟弟因狗咬不幸死去时，人们对小狗是罪魁祸首的认知似乎更确切了。其实不然。也许人们要问，既然弟弟在被小狗咬伤后及时到医院打了狂犬疫苗，怎么还会得上狂犬病呢？问题的症结就在这里。弟弟发现流浪狗时，它已经得了狂犬病，携带狂犬病毒。它腿受伤、发烧，这都是有狂犬病毒的标志。所以，弟弟死于狂犬病毋庸置疑。但这只是表面原因。

既然小狗身上有狂犬病毒，再碰到鞭炮炸响而突然发作就合情合理了，并不是小狗天生就喜欢突然咬人。狗虽然会咬人，主要还是对陌生人，对待好的主人，从来都是最忠诚的。即使打了小狗，小狗也不会反咬主人的。所以小狗皮皮咬人是因为染上了狂犬病毒。那它是如何染上狂犬病毒的呢？肯定是被原主人打伤和抛弃，或被抛弃后又被社会上的人欺负和打伤的。狗一旦有伤，如果没有在安全的环境下得到及时治疗，很有可能染上狂犬病毒。所以，染了狂犬病毒的小狗突然发作合情合理，人才是小狗染上狂犬病的罪魁祸首。狂犬病潜伏期很长，狗不受惊吓一般不易发作。

综上所述，小小说《狗性》其实是想通过狗性来反映人性。动物都是善良的，你对它好，它也会对你好，知恩图报。反倒是某些利欲熏心的不法之徒，他们唯利是图，缺乏人性，对人类是最大的威胁。该篇小小说构思很巧妙，伏笔很隐蔽，包袱抖得也很出彩，给读者带来舒适的阅读感受，是一篇非常不错的小小说。

另外，此篇小说的题目匠心独具。说狗性，其实暗指人性。反映的问题是社会治理的重大主题，也是作者的观点——企业经营要讲诚信和良心。没有诚信和良心的企业和个人，对社会造成了危害，就必须要得到法律的严惩。

赵文铭

赵文铭，哈尔滨人，著有长篇小说《带尖顶的洋房》《半个月亮》和散文随笔集《江中月色》。